INVISIBILE: MASON

EAGLE TACTICAL VOLUME 2

WILLOW FOX

SLOWBURN
PUBLISHING

Invisibile: Mason

Eagle Tactical Volume Two

Willow Fox

Pubblicato da Slow Burn Publishing

© 2022

Tradotto da davide_angelino

CAPITOLO UNO

Hazel

Non osai guardare negli occhi l'uomo che mi aveva comprata. Grazie al mio fratellastro, Nikolai, appartenevo a Franco, il suo secondo in comando nella mafia.

"La settimana prossima, sarai mia moglie," disse Franco, i suoi denti ingialliti e storti.

Mi afferrò per la mandibola e mi strattonò il viso vicino al suo per baciarmi. Il suo alito puzzava di vomito. Mi si attorcigliò lo stomaco. Eravamo fuori dalla sua berlina nera, la porta era aperta.

Dovevo andare con lui. Avrei preferito lasciarmi morire di fame. Il ché era ancora una possibilità dopo essere andata con l'uomo al quale ero promessa sposa.

La bile mi salì alla gola, e ingoiai quell'acido bruciante, ricacciandolo di nuovo giù. Mantenni la bocca sigillata, ma questo non lo dissuase dal poggiare le sue labbra spesse e secche contro le mie. Spinse la lingua sulla mia bocca, rozzo e violento, ma non gli diedi l'accesso.

Quel viscido verme schifoso mi poteva baciare la suola delle scarpe. Volevo uccidere il mio fratellastro, ma non prima di aver fatto fuori Franco.

La grossa mano di Franco afferrò i miei capelli, le dita intrecciate tra le ciocche prima di strattonarmi, avvicinando il mio viso al suo.

"Altre ragazze dovrebbero essere fortunate come te."

Il mio fratellastro era irrintracciabile. Tipico. Vendermi e sparire, come se non significassi nulla per lui. Ero un oggetto. Nulla più. Franco mi scaraventò verso la porta posteriore della sua berlina.

Diavolo, no. Ero io in vantaggio adesso, con solo Franco e il suo autista.

Se fossi arrivata a casa sua, chissà quali pericoli ci sarebbero stati ad aspettarmi, quanti uomini sarei stata costretta a combattere o quali altre misure di sicurezza avrei trovato.

"Mollami!" Gli ficcai il gomito nello stomaco e gli pestai le dita dei piedi prima di dargli una ginocchiata nell'inguine.

L'autista tirò fuori la pistola, puntandomela alla testa.

"Ti prego, mi faresti un favore," dissi. Avrei preferito morire che sposare *lui*.

"Non spararle!" Franco allontanò la pistola dall'autista, abbassando la canna. Tirai indietro il pungo, assestando un altro colpo, questa volta sul volto di Franco prima che la sua mano mi tirasse i capelli, facendomi sbattere la testa sul fianco della macchina.

Il mondo intero iniziò a girare e la nausea mi travolse.

Mi scaraventò nel retro del veicolo, chiuse la porta sbattendola e camminò verso la porta anteriore del passeggero.

"Non vomitare sugli interni, stronza."

Il motore si accese.

Vedevo sfocato, ma trovai a tastoni la maniglia della portiera e la tirai con forza.

Maledetta sicura per bambini. Non si aprì.

Roar.

Volai indietro contro il sedile mentre l'autista spingeva sul pedale. Gli pneumatici stridevano, e il naso mi pizzicava per l'odore di gomma bruciata.

Lo skyline si rimpiccioliva all'orizzonte mentre ci allontanavamo dalla città.

Dove diavolo stavamo andando? Dove abitava Franco?

"Dove mi state portando?" Mi stropicciai gli occhi, confusa e stanca. La vista sfocata stava migliorando, ma mi sentivo ancora come se un'auto mi avesse investita.

"Casa dolce casa, tesoro. Andiamo in Russia."

La Russia non era casa mia.

Non ero mai uscita dal Paese.

Le mie dita sfiorarono il ciondolo d'oro bianco sul mio petto, l'unico ricordo di mia madre rimastomi, un regalo del mio defunto padre.

Non sarei andata né in Russia né in nessun altro Paese con Franco.

Infilai la mano in tasca e recuperai il cellulare. Lo misi in modalità silenziosa e mandai un messaggio, chiedendo aiuto.

Non sapevo quanto tempo avessi prima del volo o che mi perquisissero. Sarei stata stupida a non portare un coltello, uno spray al peperoncino almeno o un qualche tipo di arma per difendermi.

Sapevo il numero di Mason a memoria, avendolo stalkerizzato online. Erano passati anni dall'ultima volta che ci eravamo visti.

Eravamo andati al collegio insieme. Lui si era arruolato dopo le superiori, e io fui mandata a vivere con mio padre.

Non era un segreto che lavorava per l'agenzia di sicurezza Eagle Tactical. Non potevo chiamarli. Sarebbe stato troppo rischioso.

Sperai che il loro numero verde potesse ricevere i messaggi. Non avevo il numero personale di Mason; risultò inesistente.

Mason, mi serve il tuo aiuto. Per favore traccia il mio telefono e vieni a cercarmi. Non lo chiederei se non fosse una questione di vita o di morte – la mia morte. Hazel

Era breve e diretto. Era tutto ciò che potevo fare. Sperai che ricevesse il messaggio e che venisse a salvarmi.

CAPITOLO DUE

ARIELLA

La luce del sole filtrava dal lucernario, inondando la cucina di calda luce dorata. L'aroma di caffè riempì la stanza, corsi verso la caffettiera, presi una tazza e me ne versai un po'.

Izzie era seduta al tavolo della cucina che mangiava una tazza di cereali. Non l'avevo mai vista così tranquilla, a parte durante il pisolino.

Jaxson scese le scale, già vestito e pronto per uscire.

Dovevo ancora farmi la doccia, ma sarei stata veloce. "Andiamo assieme in macchina a lavoro?" Chiesi.

"No." La sua risposta fu breve, il tono freddo, senza emozioni.

Avevo fatto qualcosa per infastidirlo?

Non avevamo parlato di quella notte, quando mi trovò in doccia, rannicchiata con l'acqua che mi scorreva addosso. Non riuscivo a muovermi, terribilmente sconvolta. Lui mi aveva vestito, messo a letto e si era addormentato accanto a me.

Fu l'unica notte in cui dormii in quella stanza. Adesso ero designata alla stanza degli ospiti, che immagino abbia senso.

Fummo d'accordo che se avesse dovuto essere il mio capo, avremmo dovuto mantenere la cosa platonica.

Non era ciò che volevo, ma avevo sentimenti contrastanti. Non si fece vedere molto dopo quella notte passata insieme da me, prima che l'incendio distruggesse casa mia. Non ne avevamo neanche parlato, e ora sembrava inutile ridiscutere di una relazione che non avrebbe mai potuto esistere.

Lo fissai, mentre con entrambe le mani sorreggevo la tazza di caffè sulle mie labbra.

I tremori erano sotto controllo, e mentre casa mia era andata a fuoco, riuscii a farmi prescrivere dal medico locale i farmaci di cui avevo bisogno per combattere la disfunzione autonomica. Ci stavo riuscendo quasi del tutto.

Il suo cellulare squillò, lo prese dal bancone della cucina.

" 'Giorno, Declan. Come va?" Scivolò in salotto per avere un po' di privacy, o almeno una parvenza.

Presi un sorso di caffè e mi sedetti al tavolo della cucina di fronte a Izzie. "Sono buoni?" Chiesi, dandomi ai convenevoli con una bambina di tre anni.

Era la mia prima settimana di lavoro, e Jaxson era immerso nel suo ufficio.

Non sapevo se mi ignorasse o se mi stesse lasciando dello spazio senza concedermi un trattamento di favore.

Lucy non sembrava nemmeno essere a conoscenza del fatto che esistessi o che la Eagle Tactical mi avesse assunta.   Mentre lei sedeva alla scrivania davanti all'entrata dell'edificio, a me fu rifilato il tavolo della sala relax col portatile collegato alla presa più vicina.

Era chiaro che avessero fatto spazio per farmi unire a loro, e io avrei preso quello che mi fosse capitato, ufficio o no. Probabilmente ero già fortunata ad avere un computer su cui lavorare; la tastiera era sbiadita e consumata.

Il corridoio andava bene, era un posto in cui lavorare.

Riuscivo quasi a vedere Jaxson se mi inclinavo all'indietro sulla sedia, cosa che facevo in continuazione, facendola cigolare.

Lucy mi lanciava delle occhiate da dietro le spalle, fissandomi ad occhi stretti e con la mascella contratta. Forse non saremmo diventate amiche come lo ervamo diventate io ed Emma.

A me stava bene, finché non mi avrebbe sommerso di scartoffie da compilare.

Un messaggio apparve sullo schermo.

Mason, mi serve il tuo aiuto. Per favore traccia il mio telefono e vieni a cercarmi. Non lo chiederei se non fosse una questione di vita o di morte – la mia morte. Hazel

Chi era Hazel? E perché il suo messaggio era arrivato a me?

Non ero ancora molto in confidenza con Mason. Avevamo trovato un accordo, o forse era il fatto che la mia baita fosse andata a fuoco il motivo per cui lo avevo perdonato.

L'incendio non era stato colpa sua, e la rabbia che avevo serbato nei suoi confronti per avermi venduto quella casa schifosa sembrava stupida adesso. Inoltre, non mi aveva impedito di farmi assumere e aveva aiutato Jaxson con quegli energumeni che mi avevano minacciata.

Eravamo quasi amici. Be', non proprio. Non mi odiava, e io non lo disprezzavo, almeno non più.

Mi alzai e la sedia cigolò.

Lucy si girò sulla sedia, occhi spalancati. "Ti dispiace? Qualcuno qui sta cercando di lavorare!" Sbottò.

Non avevo molto lavoro da fare, dal momento che era la mia prima settimana, e non mi era stata assegnata nessuna sorveglianza o ricerca da fare. Mi trattenni dal rispondere.

Non mi serviva una nuova nemica. Ne avevo abbastanza nel mio passato.

I miei stivali picchiettavano sul pavimento in piastrelle, mi avvicinai all'ufficio di Mason. Bussai alla porta aperta, non volevo irrompere senza preavviso.

"Sì, Ariella?" Mason alzò lo sguardo dal computer. "Cosa posso fare per te?"

Non sembrò entusiasta che lo stessi disturbando, ma dovevo assicurarmi che il messaggio non fosse uno scherzo, che fosse reale.

"Vorrei che tu veda una cosa che è apparsa sul mio computer," dissi. Non volevo specificare. Non sapevo che rapporto lui avesse con questa Hazel, sempre se la conoscesse affatto, e le porte erano tutte aperte. Tutti gli altri potevano sentire la conversazione. Cercavo di essere discreta, per il suo bene.

L'attenzione che aveva brevemente rivolto a me tornò al suo computer, la mano destra scorreva e cliccava col mouse. "Declan può aiutarti se hai problemi col computer."

"Devi venire a vedere," dissi. Vedendo che non si alzava e non sollevava lo sguardo, provai di nuovo. A quanto pare avrei dovuto dirglielo chiaro e tondo. "Conosci qualcuna di nome Hazel? Sembra che sia in pericolo."

Saltò dalla sedia come se stesse andando a fuoco e mi seguì alla scrivania. Si chinò in avanti, leggendo il messaggio ancora sullo schermo.

"Quindi?" Chiesi.

Studiò il messaggio più del necessario prima di incrociare le braccia al petto. "Traccia il suo telefono dal messaggio. Lo sai fare, vero?" Apparentemente, era una domanda retorica. Prima che potessi rispondere prese a dare ordini.

"Mandami le sue coordinate. Se è vicina a Chicago, come penso che sia, allora chiamerò uno dei miei amici del Dipartimento Federale, Colton. Ci darà una mano."

"Sarà fatto." Mi sedetti nuovamente alla scrivania e aprii una nuova finestra mentre iniziavo a collegarmi al telefono da cui il messaggio era stato inviato per tracciarlo. Una volta finito, riuscii a localizzarlo grazie ai ripetitori telefonici. Come previsto, Chicago. Mandai a Mason tutte le informazioni con un messaggio tramite la nostra rete privata.

"Rispondi al suo messaggio. Dille di stare al gioco."

Non avevo idea di che cosa Mason stesse parlando, ma riferì tutto nel messaggio. Aprii una seconda finestra mentre accedevo ai filmati delle telecamere di sicurezza lungo l'autostrada. Il veicolo su cui si trovavano si dirigeva verso l'aeroporto internazionale di O'Hara.

"Dove stai andando?" dissi tra me e me mentre fissavo lo schermo.

Passi pesanti risuonarono dall'ufficio di Mason, poi la porta sbatté violentemente. Avevo davvero parlato così forte? Aprii la bocca per scusarmi, ma non lo feci.

Mason era al telefono con qualcuno. Riuscivo a sentire la sua voce rude e ovattata attraverso le pareti. Stava parlando con qualcuno, forse quel tizio, Colton, che aveva menzionato poco prima.

In che modo lo sceriffo avrebbe potuto aiutare? In che guaio si era cacciata Hazel?

Forse si poteva trattare di uno scherzo, ma lo sguardo che balenò sul viso di Mason quando lesse il messaggio sul mio computer - doveva essere sincero, e lei era in pericolo.

Dovevo fare di più. Non potevo stare a guardare. Aprii la finestra della conversazione con Hazel e scrissi un altro messaggio.

Mi puoi dire cosa sta succedendo?

Forse avrei potuto essere di maggiore aiuto se avessi avuto più informazioni. Erano diretti all'aeroporto. Se avessi saputo quale fosse il loro volo, avrei potuto hackerare il sistema delle prenotazioni e inserirli nella lista nera no-fly.

Mason?

Mandai giù un nodo alla gola.

Sì.

Risposi un po' troppo velocemente. Forse, lui non se la sarebbe presa per la mia bugia. Lei non lo avrebbe nemmeno saputo.E se potessi dare aiuto, perché non provarci?

Qual è il mio colore preferito?

Merda. Come potevo saperlo? Era una domanda a trabocchetto? Silenzio stampa. Non risposi. Lei non si fece viva. Avevo fatto un casino.

Mason spalancò la porta del suo ufficio e si affacciò in corridoio. "Smetti di mandare messaggi a Hazel. Riesco a vedere il tuo monitor."

Sentì un vuoto allo stomaco.

Merda.

Da dove si trovava non poteva vedere lo schermo del mio computer. L'unica spiegazione era che lui avesse deciso di hackerare il mio portatile. Quando lo aveva fatto, dopo il primo messaggio di Hazel?

Mason indossò il cappotto e si incamminò nel corridoio, verso l'entrata principale.

"Rispondile. Dille arcobaleno." mi urlò Mason da dietro una spalla.

Arcobaleno.

Tirai un sospiro di sollievo. Le mie dita tamburellarono sulla scrivania. Aspettai che mi rispondesse tenendo d'occhio lo schermo.

C'erano diverse telecamere di sorveglianza all'aeroporto. La berlina nera sulla quale si trovava era passata davanti all'ultima e non era più uscita. Mi collegai all'immagine satellitare, mi avvicinai alle sue coordinate. Dovevo rimanere con lei, dovevo vedere cosa stesse succedendo.

Dove diamine era finito Mason? Non voleva guardare?

Scomoda, mi mossi sulla mia sedia e Lucy si girò per guardarmi da dietro la spalla, lanciandomi un'altra occhiataccia.

Feci una smorfia ma risposi facendo spallucce. Non volevo chiedere scusa per la mia preoccupazione per Hazel o per lo scricchiolio della sedia.

Due SUV neri sterzarono davanti alla berlina, costringendo il veicolo ad una brusca frenata. Trattenni il fiato e rimasi a guardare, mentre quattro uomini saltarono giù dalle macchine a pistole spianate e spalancarono la portiera posteriore. L'immagine divenne sgranata e si interruppe.

CAPITOLO TRE

Hazel

Con la testa abbassata, continuavo a scrivere al telefono in silenzio, quando Franco si girò e me lo strappò di mano.

"Hey! Ridammelo!" mi sporsi dal sedile posteriore.

Franco premette un bottone, abbassò il finestrino e gettò il mio telefono in strada.

"Bastardo!"

"Non ti servirà il telefono in Russia." disse Franco. Tirò su il finestrino. Dallo specchietto, riuscivo a vedere uno sguardo compiaciuto attraversare il suo viso, soddisfatto di ciò che mi stava facendo.

Non sarei andata in Russia, ma avevo poco tempo.

Superammo l'ultima uscita e ci avvicinammo alle aree di partenza e arrivi dell'aeroporto. Lui non sembrava il tipo da farci prendere un volo di linea, ma si trattava comunque di un viaggio molto lungo.

Se mi avesse costretta ad entrare in aeroporto, avrei scalciato, lottato, minacciato di avere una bomba, qualsiasi cosa pur di non andarmene con lui.

Perché voleva portarmi in Russia? Era lì che viveva? A mio fratello importava che Franco mi stesse portando in un altro paese?

Due SUV si avvicinarono a noi prima che uno bloccasse la macchina davanti e un altro dietro. L'autista frenò bruscamente per evitare l'impatto con le altre macchine. La berlina non avrebbe retto.

Quattro uomini in vestiti da strada, pistole in pugno, corsero alla macchina. Uno di loro spalancò la porta posteriore - la mia salvezza.

"Hazel Agron, sei in arresto. Hai il diritto di rimanere in silenzio."

Cosa?

Credevo fossero qui per aiutarmi.

Stai al gioco. Le parole risuonarono nella mia testa. Questo era forse uno scherzo di Mason?

L'uomo più vicino a me mi trascinò fuori dalla berlina e mi spinse di faccia sull'asfalto. Mise le mie mani dietro la schiena, bloccandomi mentre mi ammanettava e mi leggeva i miei diritti.

"Non dire niente!" urlò Franco.

Era preoccupato per sé stesso o per me? Dubito che fosse interessato a cosa potesse succedermi. Poteva comprarsi una nuova sposa. Avrebbe trovato qualcuno con cui sostituirmi e mi andava bene così. Le manette di metallo sfregarono contro i miei polsi, mentre l'uomo mi perquisì in cerca di armi per poi alzarmi in piedi. Mi accompagnò fino alla parte posteriore del SUV e mi spinse dentro, le mie mani ancora legate dietro la schiena.

L'uomo che fece scattare le manette parlò per primo. "Ci ha mandati Mason." Chiuse la porta ed entrò dal lato opposto, prendendo posto accanto a me. "Scusa per la scena, ma abbiamo dovuto renderlo convincente."

"Puoi togliermi queste?"

Il SUV partì e lui mi tolse le manette. I polsi facevano male. Mi toccai i segni, sperando che sparissero.

Facemmo il giro dell'aeroporto prima di dirigerci verso l'autostrada. "Sono Colton Carr, con del Dipartimento

Federale. Di solito non rapiamo persone da malviventi."

"Forse dovreste." dissi, ridendo piano. "Grazie per avermi salvato la vita."

"Non ringraziarci ancora. Questi tipi non se andranno facilmente. Ho lavorato tutta la vita per mettere uomini come lui dietro le sbarre."

"Già." Guardai fuori dal finestrino mentre imboccavamo la statale. Qual era il piano? Dove sarei andata? "Cosa succede ora?"

Non potevo tornare a casa. Nikolai mi avrebbe consegnata di nuovo a Franco.

"Ti portiamo in un luogo sicuro."

"Tipo protezione testimoni?" chiesi. Non parlare mai più con mio fratello? Avrei potuto farcela.

"Ti daremo nuovi documenti e una nuova identità. Gli agenti Stanford e Blakely ti porteranno dall'altra parte del paese. E' troppo rischioso farti salire su un aereo adesso e ho parlato con Mason. Siamo entrambi d'accordo sia meglio che ti allontani da Chicago.

Mi addormentai.

Pessimo errore.

Lo stridio delle ruote mi svegliò.

Un forte e pesante odore di fumo riempì la macchina mentre mi abbassai nel sedile posteriore del SUV. Abbassai lo sguardo.

Colpi di pistola esplosero dappertutto.

Il guidatore, l'agente Stanford, che era rimasto in silenzio nelle ultime ore, perdeva fiotti di sangue dal petto, ansimando e rantolando, respirando a fatica.

Non c'era molto che potessi fare dal sedile posteriore.

L'altro federale, agente Blakely, seduto sul sedile del passeggero, era piegato in avanti con un proiettile nella testa.

L'autista bruno ansimò. "Reggiti." gridò, premendo il piede sull'acceleratore e investendo gli uomini con le postole in pugno, speronando uno dei SUV neri, per poi indietreggiare e colpire di nuovo.

Il mio corpo venne sbalzato nell'abitacolo. Il mio cuore batteva all'impazzata.

Il guidatore colpì con forza il veicolo in retromarcia. Mi guardai alle spalle attraverso il vetro rotto mentre corremmo oltre gli uomini e i veicoli e continuammo ad allontanarci degli uomini che mi volevano morta.

Il battito del mio cuore non si era calmato. Il momento di agonia si protraeva.

Volevo scappare, volevo raggiungere la portiera e buttarmi fuori, nell'ignoto, e pregare di poter seminare quei bastardi.

Quasi venti ore fa, volevano possedermi come un oggetto e Franco voleva sposarmi.

Ora, proiettili volavano intorno a me. Sembrava avesse cambiato idea a proposito del matrimonio.

Nonostante volessi essere coraggiosa, ero terrorizzata. Tremando sul sedile della macchina, mi rannicchiai sul pavimento, singhiozzando mentre il SUV continuava a correre in retromarcia. Anche lui era chinato in avanti come l'agente Blakely, senza potermi dare nessun tipo di protezione.

Dovevo riprendermi. Non ero arrivata a quel punto, scappando dalla mafia russa, per finire morta nel bel mezzo del nulla.

Allungai il braccio cercando di prendere l'arma dell'agente. A lui non sarebbe più servita. Allungai le dita, lottando contro la cinghia dalla mia posizione sul pavimento, la macchina che procedeva all'indietro verso chissà che cosa.

Con un forte tonfo, la macchina sobbalzò con uno scossone, la sospensione mi fece sentire come su un trampolino.

Cosa diavolo avevano colpito? Non ebbi il coraggio di alzare lo sguardo. Gli uomini e il rumore dei loro spari si persero nella distanza, affievoliti e dimenticati. Solo che non si sarebbero arresi, a meno che non fossero stati feriti e impossibilitati a seguirci dopo l'impatto.

Non riuscii a contare bene quanti schianti sentii, almeno tre. Ci furono quattro collisioni? Il mio corpo era ancora sotto shock, il collo era indolenzito e lo stomaco mi faceva male, forse più per il terrore che per altro.

Mi alzai con cautela, guardando fuori dal finestrino.

Merda. Ci stavamo dirigendo verso un burrone.

"Ferma! Devi fermare la macchina!" Non so perché lo urlai a Stanford. Era morto. Non poteva aiutarmi. Il suo piede rimase come piombo sul pedale, senza allentare la presa.

Non riuscivo a capire quanto lontano fosse il precipizio, ma l'erba era sparita e c'erano montagne all'orizzonte. Non prometteva bene.

Rinunciai alla pistola, non avevo più tempo. Presi la maniglia della porta posteriore e la aprii.

L'erba scorreva veloce, l'aria gelida dell'inverno mi sferzò le guance. Dovevo farlo se volevo avere una possibilità di sopravvivere, e la volevo, più di ogni altra cosa.

Volevo una seconda possibilità.

Mi alzai velocemente e mi posizionai sul sedile. Presi due respiri veloci prima di lanciarmi fuori dal veicolo, sentendo lo stridio del metallo sotto di me.

Rotolai come meglio potevo fuori dalla macchina. Mi bruciavano le guance, mi facevano male le ginocchia e la mia testa scoppiava, ma ero viva.

Ansimando, rimasi sdraiata a guardare il cielo, grata di essere ancora viva.

Dopo qualche secondo, mi scossi dalle mie fantasie e avanzai verso il burrone, guardando in fondo alla gola dove il veicolo era finito.

Sul fondo, il SUV giaceva rovesciato sul suo tetto, distrutto.

Una parte di me voleva scendere e accertarsi che entrambi gli sceriffi fossero morti, ma conoscevo già la risposta. Erano morti per salvarmi la vita.

CAPITOLO QUATTRO

MASON

Era il cuore della notte. Il mio telefono vibrò, interrompendo il mio sonno.

"Cosa c'è?"

Non ero una persona mattiniera, figuriamoci una persona da "svegliami nel bel mezzo della cazzo di notte".

"Sono Colton. Abbiamo un problema."

Mi sentii come se il mio stomaco fosse caduto. Mi stropicciai gli occhi stanchi con una mano e saltai giù dal letto. Al buio, presi dei vestiti e mi precipitai in bagno.

"Merda." Accesi la luce, che mi abbagliò.

"Di cosa si tratta?" Non ero pronto per qualsiasi cosa volesse riferirmi.

Hazel avrebbe dovuto essere diretta alla Eagle Tactical per essere protetta. Avevo richiesto il meglio a Chicago, e il meglio era Colton Carr.

"Gli sceriffi sono stati colpiti nelle ultime due ore. Avrebbero dovuto chiamare ma non l'hanno fatto, e il loro veicolo non si sta muovendo.

Ho le coordinate GPS. Ho bisogno che tu vada a controllare."

"Perché non l'avete accompagnata?" Impostai il vivavoce, mi tolsi i boxer e li lanciai contro il muro. Lui avrebbe dovuto trovarsi nel veicolo. "Ho chiamato te, Colton. Non ho chiesto l'aiuto di altri agenti."

"Stanford e Blakely sono due dei migliori agenti federali che ci sono. Vuoi che chiami l'ufficio dello sceriffo? Sappi che la mafia è coinvolta, la mafia russa. Continueranno a cercare di rintracciarla."

Mi infilai un paio di boxer puliti, i jeans e indossai un maglione. Presi il telefono e con i calzini in mano mi affrettai ad indossare le scarpe.

Non avevo un secondo da perdere. La vita di Hazel era in pericolo.

"Lo so."

"Fammi sapere cosa riesci a trovare." Disse Colton.

"Certo." Chiusi la chiamata con Colton, presi le chiavi della macchina e mi misi le calze e gli stivali prima di avviarmi verso il mio pick-up. "Fottuto bastardo." Borbottai sottovoce.

Gli avevo chiesto di fare una cosa, perché non mi aveva ascoltato?

Il buio della notte inghiottiva la vastità della terra, dalle montagne alla valle. Il cielo era puntato di stelle, una vista meravigliosa se non avessi avuto fretta di trovare Hazel.

Rallentai, una volta che mi fui avvicinato alle coordinate, e accostai. Lasciai acceso il motore e i fari, aprendo la porta.

Non c'era traccia di nessun altro veicolo per miglia. Dove diavolo era il SUV scomparso? Era già stato portato via da un carro attrezzi? Non sembrava plausibile o probabile di venerdì sera. Specialmente se il veicolo era stato da poco localizzato.

Presi una torcia dalla macchina e mi avviai verso il campo. Puntando la luce davanti a me, trovare qualsiasi segno di Hazel era un'impresa impossibile.

Poteva essere ovunque.

Non era mai stata a Breckenridge. Non sapeva come trovarmi.

La mia torcia tremò, spegnendosi nel buio.

"Accidenti!" Lanciai la stupida torcia ma non sentì il tonfo che mi aspettavo. Al posto di un atterraggio morbido sull'erba del campo, ci fu un rumore metallico in lontananza.

Presi il mio telefono dalla tasca e usai l'applicazione della torcia per poter dare un'occhiata al suono che avevo appena sentito: una macchina distrutta, in fondo al burrone, fatta a pezzi.

"Hazel!" Gridai e quasi trattenni il respiro, aspettando una risposta.

Nessun rumore dal fondo. L'oscurità circondava il veicolo.

Con cautela mi precipitai giù sul fianco del burrone, scendendo dalla montagna. I miei stivali mi scivolarono sotto ai piedi facendomi perdere l'equilibrio, ma riuscii a rialzarmi prima di cadere per terra.

Ero arrivato sul fondo del dirupo. Alzai lo sguardo sul fianco della montagna. Sarebbe stato un inferno risalire, ma poteva farcela.

"Hazel?" Chiamai nella notte.

Nessuna risposta.

Mi avvicinai al veicolo distrutto; fori di proiettile ricoprivano la carrozzeria del SUV. "Cosa diavolo è successo?"

Mi abbassai e trovai i corpi di due uomini. Controllai se avessero polso; nessuno dei due era vivo. Non c'era traccia di Hazel.

Era una buona notizia. Vuol dire che era sopravvissuta all'incidente, giusto?

A meno che non fosse stata sbalzata fuori dal parabrezza.

No, che pensiero orribile.

Doveva essere viva. Hazel era una guerriera.

Composi il numero di Aiden. Lui avrebbe saputo cosa fare. Non volevo svegliare Jaxson. Aveva un bambino in casa e Lincoln aveva il ristorante. Declan sarebbe stato utile in ufficio, così unii anche lui alla chiamata con Aidan.

"Come va?" Chiese Aiden. Non sembrava essere stanco come lo ero io.

"Sei stato proprio un tesoro a chiamare." Sbadigliò Declan. "Che succede?"

"Mi serve aiuto. Riguarda una missione non ufficiale." Non aspettai una loro risposta. Tornai al mio pick-up. Starmene in piedi in mezzo ai campi a cercarla non stava portando a niente.

"Hai la mia attenzione." Disse Aiden.

Non avrei voluto coinvolgerli. Speravo potesse rimanere una faccenda privata, ma ormai stava sfociando negli affari della Eagle Tactical. "Una mia amica è nei guai. Vive a Chicago, suo padre è morto da poco e a quanto pare suo fratello è a capo della mafia russa."

"Cazzo. Perché non ci addolcisci un po' la pillola?" scherzò Aidan.

Ignorai il suo tentativo di battuta. Io non ridevo.

Hazel era là fuori, e degli uomini le stavano dando la caccia, sempre che non l'avessero già trovata.

"Ho contattato Colton Carr ieri pomeriggio quando ho ricevuto un messaggio sul nostro numero criptato. Secondo Colton, Hazel è stata venduta come parte di

un matrimonio combinato organizzato da suo fratello."
Sentii la bile risalimi in gola al solo pensiero. "Colton si
era assicurato che fosse fuori pericolo e l'ha messa in
viaggio verso di noi, quando gli agenti federali sono
stati attaccati."

"Merda." Mormorò Declan. "Credi che chiunque la
stesse inseguendo l'abbia presa? È una missione di
recupero?"

Mi passai una mano tra i capelli. "Spero di no." Tirai le
ciocche prima di lasciare cadere la mano sul ginocchio.
"Se siamo fortunati lei è ancora là fuori, nascosta, che
attende il nostro aiuto."

"Dimmi che ti serve." disse Declan.

Il telefono si collegò al bluetooth della macchina.

Mi allacciai la cintura e tornai in strada. Hazel non era
una ragazza qualunque; era la prima ragazza che avessi
mai amato. Ero ancora innamorato di lei e avevo
paragonato a lei chiunque era stata con me.

"A parte trovare Hazel?" Strinsi il volante e feci
un'inversione a U, dirigendomi verso casa mia. "Io sto
tornando a casa."

"Ci hai svegliato per dirci che te ne stai tornando a
letto?" sbuffò Declan. "Wow, grazie."

"Ho dei visori notturni e rilevatori termici che posso usare per trovarla. È a piedi, con un vantaggio di non più di due ore su di noi. Probabilmente seguirà la strada verso il paese, ma questo significa che dovrà orientarsi in montagna."

"Dovremmo essere grati che non stia nevicando. Spero che abbia dei vestiti caldi e non muoia per le temperature estreme." disse Aiden.

Grandioso.

Il modo giusto per rovinare il mio ottimo umore. Accelerai, avevo bisogno di tornare a casa. Con un po' di fortuna, l'avrei trovata prima degli uomini che la volevano morta. Mi preoccupava il fatto che il solo veicolo abbandonato fosse quello in cui lei avesse viaggiato. Coperto di fori di proiettili, l'altro veicolo, o veicoli, invece erano ancora là fuori. Non erano andati fuoristrada o giù per la gola. Il che significava che gli uomini erano a piede libero, cacciando Hazel come fosse una preda.

"Ci vediamo da te," disse Aidan. "Declan, vai in ufficio. Forse riuscirai a trovare qualcosa che ci aiuti a capire cosa diavolo stia succedendo."

Se dovessi trovare prima io gli uomini sulle tracce di Hazel, li ucciderò con le mie stesse mani.

CAPITOLO CINQUE

JAXSON

Ebbi difficoltà a dormire, girandomi e rigirandomi nel letto durante la notte.

Di solito, ero come morto per il mondo esterno quando dormivo, ma l'odore del dolce profumo di Ariella danzava sul mio cuscino e costrinse la mia mente a ripercorrere la notte che passammo insieme.

Il rimorso bruciò, creando un buco nel mio stomaco.

Annegai nel suo aroma piccante, e anche se le lenzuola, purtroppo, non odoravano di sesso, profumavano deliziosamente di lei. Seppellii la testa sotto la coperta spessa.

Odiavo non aver detto ad Ariella cosa lei significasse per me quella notte, ma ora sembrava essere passata una vita.

Divertente come pochi giorni possano cambiare la tua vita.

Il mio telefono vibrò sul comodino. Spinsi via la coperta e brontolai. Non ero pronto a svegliarmi per il lavoro. Lo schermo del telefono illuminò la stanza buia.

Con gli occhi esausti, cercai a tentoni il telefono e risposi. Avvicinandolo all'orecchio chiusi gli occhi per cercare di svegliarmi, cosa che si dimostrò controproducente.

"Eagle Tactical," dissi. La chiamata non era di nessuno dei ragazzi, e a quest'ora disgustosa doveva essere un cliente. "Sono Jaxson Monroe. Posso aiutarla?"

"Spero proprio di sì," disse una voce profonda e roca. L'uomo aveva un accento marcato, russo o ucraino. Erano difficili da distinguere. Si schiarì la gola. "Vorrei assumerla per ritrovare mia moglie."

Mi misi a sedere e accesi l'abat-jour. "Noi normalmente non gestiamo questioni domestiche," dissi.

Mi spostai per sedermi sul bordo del letto. I miei piedi erano fermamente piantati al suolo. Il pavimento era freddo, e l'aria fuori dalle coperte calde mi fece accapponare la pelle.

Col telefono all'orecchio, mi alzai e mi diressi verso l'armadio.

"Non si tratta di una faccenda domestica. È stata arrestata stamattina. Quando ho contattato le autorità per farla rilasciare, ho scoperto che non era mai stata processata."

Aveva la mia attenzione. "Crede che le autorità siano coinvolte nella sua sparizione." Era un'idea folle, anche per i miei standard.

"No, sarebbe assurdo."

Aprì un cassetto, presi dei vestiti puliti e li gettai sul letto. "È probabile che non siano state la autorità a prelevare sua moglie."

"Questa è precisamente la mia preoccupazione. Ho molto nemici. Odio pensare che siano alla caccia della mia proprietà più preziosa. Le assicuro che pagherò profumatamente il suo ritorno a me."

Anche se era buono a sapersi, non era l'unico fattore da considerare. "Mi mandi una fotografia di sua moglie, con il suo nome e ogni segno particolare - piercing, cicatrici, tatuaggi, così che possiamo identificarla con facilità."

Diedi all'uomo il mio indirizzo emae-mailr inviarmi le informazioni.

"Vorrei anche conoscerla." Questo è un altro requisito. Chiunque assumessi come cliente, dovevo accertarmi che fosse pulito e che non fosse coinvolto in altre indagini aperte.

"Certamente. Che ne dice di mezzogiorno?"

Gli diedi l'indirizzo della Eagle Tactical e presi il suo nome e numero di telefono prima di riagganciare.

Mi feci la doccia e mi vestii di fretta, infilai il telefono in tasca e spensi le luci della camera da letto.

Scesi le scale posteriori direttamente in cucina e misi sul fuoco la caffettiera. Avrei avuto bisogno diaiuto extra per rimanere sveglio oggi.

Il mio corpo era fiacco, non potevo permettere che anche la mia mente lo fosse.

Fissai la macchina del caffè, aspettando si svuotasse nella tazza, il sibilo dell'acqua che si riscaldava riempiva la mia testa ancora annebbiata.

"Chi rapirebbe una donna, fingendo di essere la polizia e arrestandola?" dissi tra me e me. Mi appoggiai al bancone.

Non aveva senso. Il mio istinto mi fece riconsiderare tutto quello che l'uomo mi aveva detto al telefono.

Appena avessi ricevuto una comunicazione da lui, avrei potuto tracciare il suo telefono, fare ricerche e assicurarmi che non avesse nulla da nascondere.

Era ciò che facevamo con tutti i nostri clienti coinvolti in casi di persone scomparse o rapimenti. Nella maggior parte dei casi, un coniuge era coinvolto e se si trattava di un bambino, i genitori. Non informavamo i genitori o i partner che avevamo controllato la loro situazione finanziaria, il loro passato ed eventuali trasgressioni.

Passi leggeri risuonarono sulle scale. Mi raddrizzai e lasciai andare in un sospiro pesante. Potevo sentire la sua presenza, sentire il suo dolce profumo dall'altro lato della stanza. Ariella si era svegliata.

"Ti ho svegliata?" Non intendevo porre la domanda in modo rude e brusco, ma la mancanza di sonno ebbe la meglio.

Non ero una persona mattiniera, senza sei ore di buon sonno. Ne avevo avute molte di meno, specialmente durante addestramenti con privazione del sonno e situazioni di combattimento. Questa non era nessuna delle due, fortunatamente.

"No, non riuscivo a dormire. È pronto il caffè?" chiese lei.

Presi due tazze dalla credenza, girandole.

"Quasi."

La macchina del caffè gorgogliò. Del vapore uscì dal retro del macchinario. Non era alta tecnologia o roba di lusso, ma faceva un'ottima tazza di caffè in un tempo accettabile. Odiavo aspettare per bere il caffè mattutino.

Le ultime gocce di caffè caddero e riempì le due tazze. Mi girai e gliene porsi una.

"Grazie." sussurrò, guardandomi.

Cercai di non fissarla mentre indossava i pantaloni di flanella larghi o la maglietta bianca che avvolgeva il suo seno e mostrava i suoi capezzoli attraverso il tessuto. Fallii miseramente.

Lei spalancò gli occhi e si aggiustò la maglietta, un braccio a coprire il suo seno generoso, con l'altra mano portò la tazza alle labbra per bere il caffè.

Volevo scusarmi; sapevo che avrei dovuto dire qualcosa.

Invece, spostai lo sguardo, mi passai una mano tra i capelli scompigliati e indicai il frigo. "Fai come se fossi a casa tua. Stamattina devo uscire presto e iniziare a lavorare ad un nuovo cliente."

"Oh. Posso aiutarti con qualcosa?" I suoi occhi erano pieni di speranza.

"No, Non serve che tu venga al lavoro presto. Farò tutti i controlli questa mattina. Quando arriverai in ufficio, vedremo su cosa poteremmo farti lavorare."

Prese un sorso di caffè, premendo la tazza contro le labbra mentre beveva una lunga, lenta sorsata. "Non mi dispiace venire prima."

"Non è una buona idea." Noi due soli, in ufficio, avevo pensieri folli che includevano piegarla sulla scrivania, alzarle la gonna e fare di lei quel che volevo.

Giù, ragazzo. Dovevo calmarmi prima che lei notasse la mia eccitazione.

Lei aggrottò le sopracciglia e sporse il labbro inferiore. "Beh, forse non sta a te decidere." Appoggiò con forza la sua tazza, facendo schizzare il contenuto rimasto.

Aveva la mia attenzione. "Come scusa?" Mi avvicinai e abbassai lo sguardo in quegli intensi occhi verdi, una tonalità olivastra che mi inghiottiva ogni volta.

"Io lavoro per la Eagle Tactical, non per te." Le sue labbra erano ferme e la sua mascella stretta.

Il desiderio mi fece venire voglia di abbassarmi, avvolgere un braccio intorno alla sua vita e stringerla forte contro la mia pelle.

Immaginai di alzare il suo viso con le dita, guidando le sue labbra verso le mie. Eravamo separati da pochi centimetri.

Poteva sentire il calore che il mio corpo emanava contro il suo?

Mi passai una mano sulla nuca e feci un passo indietro per riprendermi dalla mia fantasia. Non poteva succedere. Non doveva succedere.

Era una mia dipendente, e anche se provavo dei sentimenti per lei, avevamo preso l'impegno di non cedere al desiderio. Dovevo rispettarlo. Una doccia fredda mi avrebbe fatto comodo.

"Ho fatto qualcosa che ti ha innervosito?" chiese Ariella.

"Sì."

CAPITOLO SEI

Hazel

Il cielo era diventato scuro, in lontananza si udiva il suono degli animali che camminavano tra l'erba. Rimasi nel prato, la strada a pochi metri da me, ma non volevo camminare sul cemento.

Ogni volta che una macchina mi passava accanto, mi accovacciavo, sdraiandomi sull'erba, nascondendomi dagli uomini che mi stavano cercando, gli stessi uomini che avevano ucciso gli agenti federali.

Era stato Franco o uno dei suoi scagnozzi? In ogni caso, non ero al sicuro.

I piedi mi facevano male ed erano ricoperti di vesciche. Non potevo togliermi le scarpe, però. Sarebbe stato ancora più stupido e doloroso.

Non avevo previsto che i federali morissero. Era tutta colpa mia.

Mi strinsi tra le braccia, la salita della montagna troppo difficile per i miei polpacci da ragazza di città.

Non ero in forma, di certo non abbastanza per una camminata di questo tipo. Ero senza fiato.

Più in alto andavo, più neve ricopriva la strada.

Il suono di ruote sull'asfalto mi fece bloccare.

Arrivava qualcuno. Era Franco?

Mi abbassai e rimasi immobile, circondata dalla foresta, lasciando passare il veicolo senza farmi notare dal guidatore.

Il pick-up corse sulla neve annacquata e la ghiaia su per la montagna. Lontano, nella foresta, la luce di un portico lampeggiò.

Mi tolsi dalla strada ed entrai tra i cespugli, dei ramoscelli si spezzarono sotto i piedi.

Dovevo prendere una scorciatoia. Era l'unico modo di togliermi dal freddo il prima possibile.

Dalla mia posizione, guardai affascinata l'uomo che scese dalla sua macchina e si fermò davanti all'edificio. Era troppo grande per essere una casa.

Era impossibile che mi vedesse. Feci altri passi avanti.

Non poteva sapere che fossi qui, vero? Mi si ritorse lo stomaco e asciugai i palmi sudati sui miei jeans.

Lui non era altro che un'ombra, un'ombra molto attraente da quello che potevo vedere, ma era buio e dopo qualche istante, entrò.

Esitai, vicina all'entrata della foresta e mi incamminai sulla scivolosa poltiglia di neve. Le mie scarpe si inabissarono nell'umidità mentre mi avvicinavo all'edificio con un'insegna annerita che recitava "Capanna del Taglialegna".

Fuori erano parcheggiati due veicoli. Erano forse il proprietario e un membro dello staff? Non sembrava aperto, ma era comunque molto tardi o molto presto, dipende da come la si vede.

Mi affrettai verso l'entrata e provai ad aprire la porta, curiosa di sapere se l'avessero chiusa.

Non si mosse. Sbirciai dentro la finestra; le sedie erano rovesciate sui tavoli. Il locale era chiuso per la notte.

Avrebbero aperto presto? Il sole non sarebbe sorto ancora per qualche ora, ma se servivano caffè o la colazione, avrebbero aperto a breve.

La porta si spalancò, e io sobbalzai, spaventata. Non era uno degli uomini che mi stavano inseguendo.

Diedi un'occhiata all'uomo, che aveva un aspetto da vero montanaro, con la sua barba folta e camicia di flanella. "Mi hai quasi fatto venire un infarto!" dissi.

"Io? Sei tu quella che sbircia nella mia finestra." Mi studiò prima di rivolgere lo sguardo al parcheggio semivuoto. "Niente macchina?"

Non aveva senso mentirgli. "Ho camminato." MI strinsi tra le braccia, sentendomi piccola a confronto con la sua stazza.

Avrebbe potuto sopraffarmi con facilità, ma i suoi occhi brillavano di allegria.

Non aveva l'aspetto spaventoso, non come Franco.

"Vieni dentro, via dal freddo." disse.

Non aspettai che me lo chiedesse di nuovo o di ripensarci. Gli camminai dietro, entrando con lui. Lasciai andare un lungo respiro, il calore dell'edificio stava già dando sollievo ai miei muscoli indolenziti.

Il ristorante era illuminato in modo tenue e lui se ne preoccupò subito, accecandomi. Mi coprii gli occhi mentre mi abituavo alla luce.

"Hai l'aria di chi ha bisogno di un buon pasto e magari anche di una doccia." disse.

Ecco, non avevo nessuna intenzione di togliermi i vestiti. Te lo puoi scordare, amico. "Un caffè andrà benissimo." Avevo bisogno di caffeina per rimanere sveglia.

Avevo dormito forse un'ora, massimo due durante il viaggio attraverso il paese. Se avessi saputo a cosa sarei andata in contro, avrei cercato di dormire di più.

"Sono Lincoln." disse, presentandosi.

Lo fissai, decidendo se dirgli il mio vero nome o mentirgli. "Ashley Sinclair." La bugia uscì senza che riuscissi a fermarmi, anche se avessi voluto.

"E' un piacere conoscerti, Ashley Sinclair." I suoi occhi erano stretti, sottili mentre si abbassava dietro il bancone per iniziare a preparare il caffè.

Lo seguii, i miei piedi lasciarono sporcarono di ghiaccio e neve sul pavimento del ristorante. Lincoln mi avrebbe odiata. Mi avrebbe odiata ancora di più non appena avrebbe capito che non avrei potuto pagare per il caffè.

"A dire il vero, vorrei un bicchiere d'acqua"

Non avevo nemmeno un dollaro. Il mio portafoglio e il resto delle mie cose erano con Franco.

Tutto ciò che avevo era alle mie spalle.

"Hai l'aria di aver avuto una brutta giornata. Il caffè lo offre la casa." disse Lincoln.

"Davvero?" Non potevo credere fosse gentile con me solo per bontà. Le persone a Chicago non erano sinceramente gentili a meno che non ci guadagnassero qualcosa.

"Mi ricordi qualcuno." Disse.

Mi sedetti sullo sgabello davanti al bancone. "Beh, posso assicurarti che non ci siamo mai conosciuti. Non sono mai stata a - dove sono esattamente?"

Ero in viaggio verso Mason alla Eagle Tactical, ma tutto ciò che ricordavo era che fosse da qualche parte nel Montana.

"Sei davvero nei guai se non sai in che città ti trovi," disse Lincoln. Prese una tazza e mi versò il caffè. "Latte e zucchero?"

"Sì, grazie." Prese una manciata di pacchetti di zucchero e crema di latte da sotto il bancone.

"Grazie." Aprii due confezioni di crema e aggiunsi quattro bustine di zucchero.

"Caspita, hai davvero un debole per i dolci." Rise e si passò una mano sulla mandibola. "Non credo di aver mai visto qualcuno mettere tutto quello zucchero in una tazza di caffè."

Ero stata maleducata a farlo senza prima assaggiare il suo caffè? Non era tutto uguale, il caffè? Amaro e forte?

Il suo telefono vibrò e lo tirò fuori dalla tasca dei pantaloni. Aggrottò le sopracciglia mentre rispondeva ad un messaggio.

"Fidanzata?" chiesi. Aveva l'aria stranita. Forse lei era arrabbiata perché lui non era a letto a quell'ora della notte.

"No. Ehm, il mio secondo lavoro."

"Oh." Tenni la tazza calda tra le mani, soffiando piano prima di avvicinare il bicchiere fumante alle labbra. Inspirai il calore prima di lasciare che la mia bocca sfiorasse la porcellana. "Quindi lavori qui part-time?"

"Questo posto è mio." disse Lincoln. Mise via il telefono, ricacciandolo nella tasca. "Hai detto che il tuo nome è Ashley?"

"Sì, esatto." Presi un altro sorso di caffè per tenermi occupata.

Era più facile mentire quando non avevo davanti altri che l'uomo che mi aveva sottratta al freddo e riscaldata.

"Ti sei separata da qualcuno?" chiese Lincoln. Si versò una tazza di caffè, nero. "Non riesco a concepire perché saresti uscita al freddo senza una macchina, altrimenti."

"Abito in fondo alla strada."

Lincoln sorrise. "Certo. Probabilmente vieni qui sempre. Ho una memoria tremenda. Effetto collaterale di aver combattuto nella guerra."

Presi un altro sorso, il mio stomaco brontolava per la fame.

"Come ti piacciono le uova?" Chiese Lincoln.

"Come?" Aveva forse sentito il gorgoglio del mio stomaco?

"Ti preparo qualcosa da mangiare e, anche se di solito offrirei dei pancake, scommetto che un po' di proteine non ti farebbero male. Sembra che tu abbia camminato per miglia là fuori. Ho ragione?"

Era così ovvio che fossi nei guai? Mi coprii il viso con una mano. "Mi sono confusa mentre cercavo di tornare a casa."

Un'altra bugia. Uscivano così facilmente.

"Già. Come ti piacciono le uova? Le mie le faccio strapazzate."

Mi salì l'acquolina in bocca al pensiero del cibo. Non era nemmeno pronto, ma i miei sensi già ne immaginavano il sapore. "Sembrano deliziose."

"Torno subito." disse Licoln, dirigendosi in cucina.

Mi girai sulla sedia, tenendo d'occhio la porta. Volevo stare all'erta, nel caso in cui gli uomini che ci avevano fermato per strada e sparato al SUV fossero ritornati. Non li avevo visti da quando ero scappata dal veicolo e saltata fuori prima che il SUV finisse nel burrone. Pensavano fossi morta?

Mason pensava che fossi morta?

Per quanto lo avessi seguito online, non ero riuscita a sapere se fosse single o se si fosse mai sposato. Non c'era molto su di lui, a parte l'ovvio fatto che aveva fatto parte delle forze speciali dell'esercito ed ora era in parte proprietario della Eagle Tactical. Era quasi come se lui volesse che di lui si sapesse solo quello, e basta.

Sorseggiai quello che rimaneva del mio caffè, desiderandone disperatamente un altro. Scivolai giù dallo sgabello e andai dietro il bancone. Lincoln era impegnato in cucina. Con un po' di fortuna, non gli avrebbe dato fastidio se mi fossi permessa di versarmi un'altra tazza.

La campanella della porta risuonò quando qualcuno l'aprì ed entrò.

Mi abbassai dietro al bancone e serrai le labbra.

"C'è nessuno?" Un forte accento russo riecheggiò nel ristorante. La sua voce si espanse e rimbombò nel locale ad ogni suo passo.

Cazzo!

Altri passi, diversi da quelli dell'uomo che aveva parlato si avvicinarono al bancone.

"Qualcuno ha intenzione di servirci?" Disse un altro russo.

Sbatté la mano sul bancone e alzo la tazza che mi ero appena versata.

CAPITOLO SETTE

MASON

Entrai nel parcheggio dopo aver avuto notizie da parte di Lincoln su una strana ragazza che si era presentata al ristorante.

Doveva essere Hazel.

Chi altro si sarebbe avventurato fin lì a piedi nel cuore della notte? Il suo messaggio fu breve ma abbastanza dettagliato da farmi capire che la ragazza era nei guai.

Dovevo aggiornarlo, ma avrebbe dovuto aspettare. Parcheggiai accanto ad un SUV che non riconobbi e scesi dal pick-up.

La fiancata della macchina era ricoperta da fori di proiettile. Presi la pistola e mi affrettai a raggiungere il retro del ristorante, dalla porta lasciata aperte per le consegne.

Il sole non era ancora sorto, ma solitamente i camion delle consegne arrivavano prima che il ristorante aprisse ai clienti.

Entrai in cucina con la pistola in pugno, incontrando Lincoln.

"Lei dov'è?"

"Qualcuno ha intenzione di servirci?" Un forte accento russo riecheggiò dall'altro lato della porta.

"Là fuori," disse Lincoln. Prese la sua pistola di riserva da sotto il bancone. "L'ho lasciata da sola per cinque minuti mentre preparavo la colazione, giuro"

Alzai una mano facendogli segno di fare silenzio. Probabilmente non l'avevano ancora vista, altrimenti l'avrebbero già presa e se ne sarebbero andati.

Presi un vassoio e lo usai per nascondere la mia pistola. Lincoln si mise dietro di me, così che non vedessero neanche la sua di arma.

"Come posso aiutarvi, signori?" chiesi, uscendo dalla cucina.

Cercai di ignorare la massa di capelli ramati nell'angolo sotto il bancone, nascosti alla vista. Lei tremava sul pavimento, il corpo teso come una corda di violino, come in quelle esercitazioni che facevamo alle scuole elementari.

"La cucina non è ancora aperta. Possiamo servirvi del caffè da portare via."

Gli uomini si scambiarono un'occhiata indecifrabile. "Che razza di ristorante non è aperto per colazione?"

"Un ristorante che non serve - colazioni." Disse Lincoln a denti stretti.

Aveva le mani serrate sui fianchi mentre faceva il giro e si posizionava al mio fianco, bloccando l'entrata alla cucina e al retro del bancone dove Hazel si era nascosta.

Aveva visto i due uomini arrivare? Come aveva fatto a sapere che doveva nascondersi?

"Sa dove posso trovare un posto per dormire?" Chiese l'uomo dai radi capelli neri. I suoi muscoli si intravedevano dalla camicia.

Perché diamine non aveva un cappotto? Che razza di idiota se ne va in giro in pieno inverno senza una giacca?

"Non ci sono alloggi su questo lato della montagna." dissi. Non volevo che nessuno dei due rimanesse in paese.

"Già." I due si scambiarono uno sguardo fugace prima di alzare le loro armi.

Le pistole erano puntate contro di noi, proiettili fendevano l'aria.

Mi abbassai dietro il bancone con Hazel. I suoi occhi incontrarono i miei.

Le feci segno di rimanere giù.

Lincoln sparò una serie di colpi, io mi alzai da dietro il bancone e feci lo stesso, mettendo a segno vari tiri al petto e un colpo finale alla testa.

"Merda," mormorò Lincoln, andando a calciare le pistole via dalle loro mani.

Andò a controllare il loro polso, l'abitudine di non essere mai troppo sicuri, per assicurarsi che fossero davvero morti come sembravano. "Credi che l'assicurazione coprirà i danni?"

Risi sotto i baffi. Era davvero quella la sua prima preoccupazione?

Aiutai Hazel ad alzarsi. Tremava tra le mie braccia, gli occhi spalancati, pieni di terrore. "Va tutto bene. Sei al sicuro ora." Le dissi. "Non ti faranno più del male."

"Non sono preoccupata per loro." Sussurro Hazel. "E' di Franco che ho paura."

"Portala via da qui," disse Lincoln. "Portala alla Eagle Tactical. Io pulirò questo casino e chiamerò lo sceriffo locale."

"Vorrà tutte le nostre deposizioni." Per quanto volessi proteggere Hazel, non avrei infranto la legge per lei.

Avevamo ucciso due uomini per legittima difesa, ma lei era una testimone e il motivo per cui gli uomini si trovavano nel ristorante. Non potevamo lasciarla fuori dalla storia.

E poi, io e lo sceriffo eravamo in buoni rapporti. Ci confrontavamo col dipartimento di polizia locale di tanto in tanto, dando una mano quando avevano bisogno di aiuto.

Sarebbe stato meglio dirgli a cosa andavano incontro. C'era la possibilità che questa storia fosse tutt'altro che conclusa.

"Sì, lo so." Lincoln ci accompagnò fuori dal ristorante. "Gli dirò di passare dal tuo ufficio. Adesso portala via da qui e tienila fuori pericolo."

Guardai fuori dalla finestra, assicurandomi che non ci fossero altre macchine o uomini appostati fuori prima di aprire la porta e portarla al mio pick-up.

"Grazie per avermi salvato la vita." disse Hazel.

Cercai di non fissarla, ma diamine, era difficile. Non la vedevo da più di dieci anni.

Sorrisi come un dannato idiota e aprii la portiera. "Salta sù."

Cavolo, era bello rivederla. Anche se avrei preferito fosse in circostanze diverse.

Le offrii una mano mentre cercava di salire sul predellino. Una volta salita in macchina, chiusi la portiera e feci velocemente il giro fino al posto del guidatore.

Salii, uscii dal parcheggio e fissai la mia attenzione sulla strada. Mi accertai che nessuno ci stesse seguendo.

"Come stai? Beh, a parte tutto questo." dissi.

Che domanda stupida. Da quando ero diventato un balbettante imbranato con le donne?

Hazel aveva catturato il mio interesse e il mio cuore al liceo. Frequentavamo il collegio insieme a Chicago. Quando i miei genitori vivevano in Montana, mi cacciai in un mare di guai e loro mi mandarono a stare con mia nonna a Chicago.

Ma non durò molto.

Due settimane con lei e avevo l'opzione di finire o in accademia militare o in collegio.

Hazel sospirò sonoramente. Il suo sguardo rimase su di me tutto il tempo.

"Ho qualcosa sulla faccia?" chiesi. Mi passai una mano sulla fronte.

"No, è solo che non ti vedo da così tanto tempo. Vorrei abbracciarti e poi colpirti per avermi spezzato il cuore." disse Hazel.

Cosa? E quando le avrei spezzato il cuore?

Cercai di rimuginarci sopra, ma la mia attenzione fu subito sviata quando una macchina nera sfrecciò in strada verso nord.

D'istinto, mi sporsi verso Hazel e la intimai di abbassare la testa così che mentre il veicolo ci sorpassava, non avrebbero potuto vedere la sua faccia.

"Altri russi?" La voce di Hazel tremò.

Non assomigliavano ai brutti ceffi di prima, ma era comunque strano vedere qualcuno che non fosse del posto in giro a quest'ora.

Aspettai che la macchina si allontanasse per rispondere. "Non credo che fossero con gli uomini del ristorante."

C'erano ospiti che dormivano al resort e salivano fino al ristorante o facevano escursioni, ma questo non accadeva mai prima dell'alba.

C'era qualcosa di strano, ma non volevo allarmarla.

La luce del giorno avrebbe di certo fatto notare Hazel, con quei fiammeggianti capelli ramati. Avrei dovuto mandare Ariella in un negozio a comprare della tinta per capelli e probabilmente altre piccole cose necessarie.

Una cosa alla volta. La prima, era assicurarmi che sopravvivesse.

Arrivai davanti alla Eagle Tactical e corsi con lei dentro l'edificio, chiudendo la porta a chiave non appena entrammo. "Vieni con me."

La accompagnai lungo il corridoio e nel il mio ufficio. Non volevo che stesse vicino all'entrata e, anche se c'era una porta posteriore, non era facilmente accessibile con il ghiaccio e la neve sul marciapiede che conduceva ad essa. Nessuno puliva mai il marciapiede sul retro.

Mi seguì nell'ufficio, i suoi passi leggeri ed invisibili sulle piastrelle mentre le mie falcate erano rumorose e forti, annunciando la mia presenza.

Aiden e Declan spuntarono con le teste fuori dai rispettivi uffici. "Buongiorno." Dissero all'unisono.

"Questa è Hazel. Hazel, loro sono Aiden e Declan." dissi, presentandoli.

"Sono felice tu sia arrivato in tempo al ristorante," disse Declan. "Lincoln ci ha scritto dicendoci che lo scontro a fuoco era finito, altrimenti saremmo corsi in aiuto."

"Avevamo tutto sotto controllo." Non eravamo in svantaggio o a corto di munizioni. Avevo passato di peggio, innumerevoli volte. "Porto Hazel nel mio ufficio, per parlare in privato per qualche minuto. Lo sceriffo passerà tra poco per le nostre deposizioni. Fatelo entrare, ok? E lasciate la porta chiusa a chiave. Non si può mai essere troppo sicuri."

Non aspettai che rispondessero. Quasi chiusi loro la porta dell'ufficio in faccia. Fecero un passo indietro; sapevano che io ero al comando e che questo caso era mio.

Hazel era una priorità, la *mia* priorità.

"Siediti." dissi, offrendole il divano nell'angolo. Mi avvicinai all'armadietto e frugai tra vari ninnoli prima di trovare quello che mi sarebbe servito.

"Cosa stai cercando?" chiese.

Le mostrai il braccialetto dorato facendolo passare sulla mano per poi farlo dondolare sul suo polso.

"Sono più una ragazza da gioielli d'argento." disse Hazel.

"Tienilo su finché non si sarà risolto tutto con Franco. Okay?" Non avevamo molto per quanto riguarda dispositivi di tracciamento al piano di sopra.

Il seminterrato era dove tenevamo le attrezzature di sorveglianza, gadget speciali e un server di altissimo livello con una gabbia di Faraday per tenere alla larga gli hacker e permettere a noi di infiltrarci anche il sistema di sicurezza più elevato.

Avevamo anche delle armi sottochiave, ma avevamo fatto un accordo agli inizi che solo noi che lavoravamo alla Eagle Tactical avremmo saputo del seminterrato e che cosa contenesse.

Non ero pronto a lasciare Hazel incustodita, anche solo per andare di sotto a cercare un tipo di dispositivo di tracciamento diverso. Il braccialetto sarebbe bastato, e le stava molto bene.

Lei guardò il bracciale al polso. Un lieve sorriso apparve agli angoli delle sue labbra. "Se avessi saputo che mi avresti regalato dei gioielli, ti avrei fatto visita molto prima."

Girai la sedia di pelle e affondai nella pelle, rivolto a lei. "È un dispositivo di tracciamento. Finché lo indosserai, sarai al sicuro."

"Non è piuttosto ovvio?" Allungò il braccio verso di me, il bracciale che dondolava sul suo polso. "Non è molto discreto."

Avevamo dei localizzatori raffinati e discreti, ma il fatto era che non avevo intenzione di perderla di vista. Era una formalità, nel caso fosse accaduto qualcosa.

"Non è necessario che lo sia. Non lascerò che Franco si avvicini a te." Ero seduto davanti a lei, mani incrociate in grembo. "Voglio sapere tutto su quel bastardo. Spara. Ogni cosa."

Le sue dita giocherellavano col braccialetto mentre parlava. "Non so molto di lui. Mio fratello, il nuovo capo della mafia russa, mi ha venduta al suo secondo."

"Ti ha venduta?"

Strinsi i pugni e mi alzai, disgustato da ogni uomo che vedesse una donna come una sua proprietà. Non potevo starmene seduto; le mie gambe non me lo permettevano. Camminai per l'ufficio, stavo praticamente consumando il pavimento. "Continua."

Avevo bisogno dei dettagli.

Per quanto mi disgustasse ascoltare, volevo sapere tutto.

"Nikolai ha pensato che fosse giunto il momento di sposarmi e ha organizzato la vendita a Franco Ivanov.

Mi fermai quando riconobbi lo sguardo esitante e schivo sul suo volto.

Mi piegai, stringendo la sua mano nella mia e con l'altra mano, portai le mie dita tra i suoi lucenti capelli rossi, alzandole dolcemente il mento per incontrare il suo sguardo.

"Non lascerò che ti accada niente. Te lo prometto, Hazel, sei al sicuro con me."

"Non sarò mai al sicuro," disse rocamente lei. "Franco non smetterà di cercarmi."

Le sue mani tremavano e si allontanò per asciugare le lacrime salate che brillavano agli angoli dei suoi occhi.

"Beh, forse lo farà, ma in quel caso sarà solo perché mi vuole morta. Hanno ucciso due agenti federali, Mason. Uomini come lui non si fermano. Non smetteranno mai di cercarmi. Non mi sorprenderebbe se Franco avesse ordinato ai suoi uomini di riportarmi da lui - viva o morta."

Non avrei lasciato che questo accadesse a Hazel. Lei contava troppo per me e poi, era il mio lavoro proteggere coloro che non potevano proteggersi da soli. "Innanzitutto, dovrai parlare con lo sceriffo. Quando avrai finito, farò in modo che tu venga spostata in un luogo sicuro e che abbia protezione con te costantemente."

"Credevo che sarei rimasta qui." Hazel toccò il divano. "Posso dormire qui. Non è un problema, davvero."

Parlava sul serio? Anche se la sicurezza era discretamente buona agli uffici della Eagle Tactical, era il primo posto in cui Franco sarebbe venuto a cercarla.

Non potevamo trasferirla a casa di uno dei membri della Eagle Tactical, era contro il protocollo e lei mi aveva indirettamente assunto quando mi aveva scritto per chiedermi aiuto.

Inoltre, non potevo sorvegliarla ventiquattro ore su ventiquattro. Sarebbe stato meglio per lei avere l'intero team come aiuto.

Jaxson spalancò la porta, ignaro di ciò che stava succedendo. Non era stato aggiornato, ed era colpa mia.

Aggrottò le sopracciglia, rivolta ad Hazel.

"Abbiamo un nuovo cliente," disse Jaxson, "ha chiamato stamattina e ha assunto i nostri servizi per ritrovare la moglie scomparsa. Mi dispiace. Non ci siamo presentati. Sono Jaxson Monroe."

"Ashley Sinclair." Disse Hazel, porgendogli la mano con un sorriso forzato.

CAPITOLO OTTO

JAXSON

"Molto piacere di conoscerla, signorina Sinclair." dissi, e mi avvicinai offrendole la mano.

Un solo sguardo e, senza dubbio, la riconobbi dalla foto sul mio telefono come Hazel Agron.

Che ci faceva Mason con lei? "Posso scambiare una parole con te, da solo" chiesi a Mason.

"Certo, solo un secondo." disse alla donna seduta sul divano del suo ufficio.

Mi spostai in corridoio e gli feci segno di venire nel mio ufficio.

Chiusi la porta più forte di quanto volessi. Sbatté.

"Qualcosa non va?" chiese Mason. Eravamo soli.

"La ragazza che pensi di proteggere, non è chi dice di essere."

Perché Hazel era nel suo ufficio e stava mentendo sulla sua identità? Mason aveva capito di essere stato ingannato?

Volevo essere ragionevole. Stavo ancora facendo ricerche su Nikolai e su Hazel. Le informazioni erano pulite, quelle di entrambi. Neanche una multa.

Gli occhi di Mason brillarono e gli angoli delle sue labbra si incurvarono. "Io lo so, ma tu come lo sai?" chiese.

Sprofondai nella mia comoda sedia da ufficio e girai per essere davanti a Mason. "Siediti." Indicai la sedia vuota nell'ufficio.

Lui espirò rumorosamente dal naso e si sedette. "Che succede, Jaxson?"

"Ho ricevuto una chiamata stamattina presto da un nuovo cliente che chiedeva il nostro aiuto per localizzare la moglie scomparsa."

"Moglie scomparsa? Dimmi che non l'hai assunto." Mason si appoggiò sulle sue ginocchia, la testa tra le mani. "Ti sei perso cosa è successo con la tua ragazza ieri mattina?"

Serrai la mascella e le mie mani si chiusero in pugni sui miei fianchi. "Non è la mia ragazza e no, ero occupato a fare ricerche sul Blue Sky Resort, di nuovo. Sono sorpreso che ci abbiano ingaggiati di nuovo dopo l'ultima volta, con Ariella."

Piegato in avanti, i gomiti sulle ginocchia, si passò una mano tra i suoi capelli corti. "Ti prego, dimmi che non abbiamo preso la mafia russa come cliente."

Di cosa diavolo stava parlando? "Lei è con la mafia russa?"

Avevo fatto delle ricerche preliminari ed era risultata pulita.

La mia specialità era il lavoro sul campo. Non ero un hacker. Non sapevo come accedere a ciò che non era facilmente accessibile. Declan era l'uomo giusto per quello e Ariella, avevo la sensazione che potesse tenergli testa, con il suo addestramento della C.I.A.

Non avrei dovuto rifiutare l'offerta di aiuto di Ariella, stamattina. Ero stato stupido e auto indulgente.

"Non è nella mafia russa di sua volontà," disse Mason e si schiarì la gola. "Il fratello di Hazel è a comando della mafia russa di Chicago. Immagino tu già sappia che è questo il suo vero nome."

Non c'erano segreti tra di noi. "Perché non mi hai detto che avevi accettato la sua richiesta di aiuto?"

Non mi piaceva la posizione in cui questo aveva messo il nostro team; ingaggiare entrambe le fazioni non era consigliabile. Non eravamo negoziatori, e avevamo a che fare con la mafia, non certo un divorzio difficile.

"Aiden e Declan lo sanno già." disse Mason. Mise le mani in avanti, palmi verso l'alto.

"Anche Lincoln lo sa."

"Lincoln?"

Mi alzai, la sedia cigolava mentre scivolò alle mie spalle. "Perché sono l'ultimo a saperlo?"

"Perché hai la testa completamente infilata nel culo, Monroe. Ti sei seppellito nel tuo ufficio per evitare la ragazza da schianto qui fuori," disse Mason indicando la porta. "Se avessi speso cinque minuti senza essere un narcisista, magari avresti visto cos'hai proprio sotto il naso."

Meno male che Mason non era un mio dipendente e che eravamo eguali, altrimenti lo avrei immediatamente licenziato e buttato fuori dalla cazzo di porta.

"Sei fuori strada, Redi." Se aveva intenzione di chiamarmi per cognome, avrei giocato lo stesso gioco.

Qualcuno bussò lievemente alla porta. "Che c'è?" gridai, spalancando la porta dell'ufficio.

Ariella era in piedi dall'altra parte, gli occhi spalancati che si spostavano da me a Mason.

"Non prendetevela con l'amabasciatore," disse, "ma lo sceriffo è qui per la tua deposizione, Mason."

"La tua deposizione? Ma che cavolo, Mason?" Quanto mi ero perso?

Mason si alzò e mi passò accanto senza dire una parola. Accompagnò lo sceriffo Nelson nel suo ufficio e si chiuse la porta alle spalle.

"Cosa diamine sta succedendo?" chiesi.

Declan e Aiden erano spariti in fondo al corridoio e Ariella si abbassò sulla sua sedia, cercando di apparire il più possibile piccola e invisibile.

"Ariella?" Volevo che qualcuno mi dicesse cosa diavolo mi ero perso. Sembrava che sapesse di Hazel. Che altro poteva sapere?

"Sì?" La sua voce si incrinò quando incontrò il mio sguardo.

"Nel mio ufficio, ora." Entrai nel mio ufficio senza voltarmi.

Riuscivo a sentire i suoi passi leggeri sul pavimento.

Lasciò la porta aperta, sperando probabilmente che Declan o Aiden arrivassero a salvarle il culo.

"Che posso fare per te?" chiese Ariella. Stava in piedi con le braccia ritte lungo i fianchi, le spalle ingobbite.

"Accomodati."

"Mi stai licenziando?"

"Cosa?" Risi sotto i baffi all'assurdità della sua domanda. "Ho motivo di licenziarti?"

Aveva fatto qualcosa di cui non ero a conoscenza?

Non si mosse dalla sua posizione sul pavimento a pochi metri da me. Il suo corpo era praticamente una statua, eccetto un leggero tremore.

"Non credo." Balbettò

"Bene." Mi strinsi il dorso del naso. Cinque secondi, e mi stava già facendo venire mal di testa. Forse la stavo incolpando di qualcosa che non era colpa sua. Non sapeva in che casino avessi coinvolto la Eagle Tactical quando avevo preso Franco come cliente. Merda.

Franco. Aveva in programma di passare in ufficio intorno a mezzogiorno. "Mi serve il tuo aiuto."

Lei annuì ma non disse una parola.

"Appena lo sceriffo avrà finito con le domande, voglio che porti Hazel al resort."

"Il Blue Sky Resort?"chiese Ariella. La paura le scosse il viso. Sembrava stesse per sentirsi male.

"Puoi farlo, vero? Ho bisogno che affitti una stanza. Nessuno penserà niente di male dato che non sanno che lavori per noi." Sarebbe stata una soluzione facile per il momento. Avevo bisogno che Hazel se ne andasse dall'ufficio in un posto sicuro.

"Io- si, posso farlo." Si morse le labbra.

Non pensavo sarebbe stato facile per lei rimettere piede nel resort che l'aveva licenziata e dove era stata aggredita. Il lavoro in sé non era facile.

"Non credo che Mason vorrà lasciarla." disse Ariella. "Hanno un qualche tipo di connessione passata, dei trascorsi."

"Davvero?" Sapeva più sul conto di Hazel di me. "Che altro sai?"

Sembrò rilassarsi sotto la mia attenzione. Ariella fece un altro passo e si sedette sulla sedia che Mason aveva lasciato pochi minuti prima. "Hazel gli ha chiesto aiuto," disse Ariella. "Forse dovrei cominciare dall'inizio."

"Sarebbe una buona cosa." Mi appollaiai sul bordo della scrivania di legno e l'ascoltai mentre si ricordava di come aveva ricevuto un messaggio sul suo portatile e di come Mason era stato coinvolto nel contattare l'ufficio federale, qualcuno di nome Colton, per prelevarla.

Conoscevo Colton. Eravamo nell'esercito insieme.

"Aspetta qui," dissi e mi avviai nel corridoio verso l'ufficio di Aidan per la cassaforte incastonata nel muro, nascosta nell'armadio.

Aidan e Declan si zittirono non appena entrai nell'ufficio. "Non fate caso a me," dissi, e andai dritto alla cassaforte.

"Possiamo aiutarti in qualche modo?" Chiese Declan.

"Sì, devo dare una carta di credito ad Ariella per prendere una camera e fare un check-in anticipato al resort." dissi.

Aprii la cassaforte e scartabellai tra il materiale disponibile.

"E non credi che chiunque si occupi del banco del check-in si accorgerà che sta usando un nome falso?" Ridacchiò Declan. "Stai cercando di farci arrestare?"

Merda. "No." L'hotel richiederà una carta di credito per coprire eventuali spese extra. "Prenoterò la stanza online e le farò fare il check-in con la sua carta di credito.

Aiden scosse la testa. "Stai perdendo colpi."

Era la mancanza di sonno. Il mio lavoro non era al meglio dopo essere stato in piedi tutta la notte. "Non ho dormito bene ieri notte."

Declan e Aiden si scambiarono un'occhiata.

"Cosa?" Ringhiai ai due.

"La tua frustrazione sessuale ci sta uccidendo. Vai a casa, per favore. Fatti una doccia, dormi, gioca col tuo amichetto là sotto" disse Declan.

Strozzai una risata, imbarazzato.

Non potevo credere ciò che mi avevano suggerito. Il mio sguardo si diresse verso la porta aperta e Ariella, che era in corridoio.

Cazzo.

Avrei fatto finta che lei non avesse sentito quello che Declan aveva appena detto, perché speravo non avesse sentito.

I suoi passi si fecero più vicini quando bussò alla porta.

"Non ti avevo detto di rimanere nel mio ufficio?"

Alzai le braccia in aria. "Perché nessuno mi ascolta qui?" Marciai accanto ad Ariella e fuori dall'ufficio di Declan.

"Vieni o no?" urlai da sopra la mia spalla.

"Devo proprio?" La sentii mormorare sottovoce. Il telefono vibrò nella mia tasca. Sbuffai e alzai un dito intimandole di aspettare un secondo mentre controllavo l'identità del mittente. Era Skylar.

Era come se sapesse quando fossi impegnato per chiamare e tormentarmi.

Cosa c'era ancora? Non potevo affrontarla adesso. Rifiutai la chiamata e presi un respiro lungo e lento per ricompormi.

Mi girai per urlare ad Ariella di sbrigarsi quando scoprii che mi aveva già seguito, silenziosa e praticamente invisibile dietro di me.

Mi fermai bruscamente quando mi girai per guardarla, e lei quasi andò a sbattere contro il mio petto. I suoi riflessi erano pronti e si fermò prima che ci scontrassimo.

Avrei quasi voluto che mi venisse addosso. Mi avrebbe dato una scusa per toccarla.

"Pagherò la tua stanza in anticipo su internet. Se qualcuno chiede, compresa Emma, dille che starai al resort finché l'assicurazione non avrà finito a casa tua." Dissi.

Doveva essere pronta a ricevere delle domande, soprattutto tornando al Blue Sky Resort.

"Ho tutto sotto controllo. Non preoccuparti." disse, regalandomi un sorriso rassicurante. Si avvicinò e mi appoggiò una mano sul braccio. "Stai bene?" La sua voce era morbida e dolce, come miele.

Volevo premerla contro di me, toccarla, sentire il suo sapore e lasciare che l'agonia che riempiva il mio cuore scomparisse.

"Sono solo stanco." dissi. Il suo tocco era morbido ma deciso. Mi allontanai. Non potevamo fare così o essere così l'uno con l'altra.

Trascinò i piedi. Non si era mossa tanto in tutta la mattina. "Non ho sentito Izzie ieri notte. Ti ha tenuto sveglio? Devo aver continuato a dormire."

"Non è stata Izzie."

Non elaborai.

Come potevo?

L'odore del suo profumo sul mio cuscino mi aveva tenuto sveglio tutta la notte.

Avrebbe pensato che fossi matto se le avessi detto la verità. Forse stavo lentamente impazzendo, dal bisogno tremendo della mia prossima dose di lei.

Non avevo mai provato un desiderio forte come quello che provavo ora, una fitta profonda che mi lacerava ogni secondo che non potevo toccarla o essere con lei.

Avevamo condiviso solo una notte.

Fu meraviglioso, ma dovevo togliermelo dalla testa. La stanchezza si era impadronita di me e mi stava rendendo disperato.

CAPITOLO NOVE

ARIELLA

Perché Jaxson non era riuscito a dormire? Se non Izzie, cosa lo aveva tenuto sveglio?

Io avevo dormito alla grande. La stanza degli ospiti non era accogliente come lo era stata la notte in cui ero accoccolata sotto le sue coperte mentre lui mi stringeva a sé, ma nessuno dei due voleva parlare di quell'incidente. Lui si era preso cura di me, tutto qui.

"Ti prometto che presto me ne andrò da casa tua." dissi.

"Bene." disse lui, con tono duro. Si sfregò la mandibola, incapace di sostenere il mio sguardo.

"Ho fatto qualcosa per farti innervosire? Perché se ricordo bene, sono io che dovrei essere arrabbiata con te. Non il contrario."

Questo catturò la sua attenzione. Il suo sguardo si posò su miei occhi e poi scese sulle mie labbra.

Avevano acceso il riscaldamento? La stanza era di qualche grado più calda rispetto a qualche minuto fa.

Jaxson non mi rispose. Non disse una parola. Non ci fu bisogno. Aggrottò le sopracciglia e i suoi occhi sembravano stanchi.

"Non avrei dovuto dire nulla." borbottai sottovoce. Avevo probabilmente peggiorato parecchio le cose per entrambi.

"No." disse con voce rauca. Afferrò il mio braccio e mi avvicinò a sé, invadendo il mio spazio.

Feci fatica e non incrociare il suo sguardo austero che mi studiava.

Cosa aveva in mente? Il mio respiro era ridotto a respiri tenui e poco profondi.

La sua vicinanza era tutto ciò che serviva per intensificare i miei sensi.

Un semplice tocco della sua mano mandò scintille in tutto il mio corpo, scaldandomi, aprendo quella fitta di totale bisogno che avevo soppresso in nulla.

"Parlami, lentiggini."

Sentirlo usare il soprannome che mi aveva dato fu la mia fine.

Non potevo starmene in piedi davanti a lui e fare finta che tutto sarebbe andato bene. Non andava bene. Il mio cuore provava un dolore smisurato. Lui se n'era andato nel cuore della notte dopo la nostra prima notte di intimità.

Non ci fu nessun biglietto, nessuna discussione.

"Ero solo una ragazza che volevi portarti a letto?" Non volevo che la domanda suonasse così brusca.

Jaxson fece un passo indietro, come se l'avessi schiaffeggiato. Spalancò gli occhi e si passò una mano trai capelli. "Vieni con me." ordinò.

"Sei sempre così burbero?" scattai, irritata dal fatto che ogni secondo che passavo con lui, diventata una persona diversa. Era sempre così al lavoro? Come facevano gli altri a sopportarlo?

Alzò un sopracciglio, per niente divertito dalla mia domanda. "Non sono io il burbero." ribatté.

Mi prese la mano, mi trascinò nel suo ufficio e sbatté la porta dietro di me, lasciandomi la mano.

Cercai di non sobbalzare quando mi spaventò, ma non ero brava a nascondere i miei sentimenti o le mie reazioni, a quanto pare. "Che stai facendo?" Non mi sentivo in pericolo o minacciata, ma Jaxson non era in lui, o almeno quello che io conoscevo.

"Dobbiamo parlare." Mi fece segno di avvicinarmi mentre si appoggiava alla scrivania.

Rimasi in piedi, braccia conserte, sguardo fisso su di lui. Non mi volevo sedere. "Qualsiasi cosa tu voglia dire, dilla."

Ero stanca dei suoi giochi. Jaxson si era dimostrato caloroso, protettivo e gentile quando lo conobbi, ma ogni minuto che passavo in sua presenza, sembrava che nulla di quello che facessi andasse bene. Erano passati solo pochi giorni al lavoro, e forse dovevo darci del tempo per capirci meglio.

Sospirò pesantemente e piegò le braccia al petto, imitando la mia posizione. "Credo che sia meglio che tu rimanga al resort con Hazel. MI assicurerò di prenotare una stanza con due letti matrimoniali."

"Come scusa?" Non mi arresi, tenendogli testa. "Mi hai portata qui, chiuso la porta per dirmi che cosa, vattene da casa mia?"

Non era abbastanza uomo da farlo davanti ai suoi amici?

"No, non è questo-"sbuffò quando il suo telefono si mise a vibrare.

Il nome di Skylar apparve sullo schermo. "Cazzo." Rifiutò la chiamata.

A quanto pare non ero l'unica che stava evitando. Aveva cambiato umore a causa della visita di Skylar? "Dovresti rispondere; potrebbe essere importante," dissi.

"Non lo è." disse Jaxson.

Lo guardai, sorpresa che non avesse colto l'opportunità di uscire da questa situazione imbarazzante tra noi due.

"Pensi che sia uno stronzo per non aver risposto a Skylar."

Non era ciò che avevo in mente. "No. Sei uno stronzo per non avermi salutata, per non avermi scritto o lasciato un biglietto dopo che siamo stati letto insieme. Sei un burbero capo stronzo in ufficio e ultimamente anche a casa. Se avessi saputo quanto la mia presenza ti irritasse, non avrei accettato il lavoro."

Non aspettai una risposta. Mi fiondai fuori dall'ufficio nello stesso momento in cui lo sceriffo locale si stava avviando verso la porta principale.

"Ciao Hazel, sono Ariella," dissi, porgendole la mano mentre mi presentavo. "Ti porterò in un luogo sicuro."

Hazel spostò il suo sguardo da me a Mason. Lui le sorrise e annuì. "Sarò dietro di voi col mio pick-up. Dobbiamo solo assicurarci che nessuno sappia che siamo insieme."

————

Non ero più ritornata al Blue Sky Resort dopo l'aggressione.

Dovevo ancora ritirare il mio stipendio di quando avevo lavorato lì ma non volevo più mettere piede in quel luogo.

Entrai nel parcheggio.

L'edificio torreggiava su di noi.

Mason era poco dietro di noi. Non aveva intenzione di arrivare all'entrata principale. Sarebbe entrato dal retro e avrebbe preso l'ascensore fino al nostro piano.

Hazel non aveva nulla con lei. Nessuna borsa. Nessun vestito. Indossava una felpa di Mason e una tuta larga, il cappuccio sulla testa.

Teneva la testa bassa, le mani infilate nella tasca e cercava di non dare nell'occhio. Poteva farcela. Era un compito semplice. Tutto quello che dovevo fare era effettuare il check-in all'ingresso dell'hotel, prendere la chiave e portare Hazel nella sua stanza, che sarebbe stata la nostra stanza.

Non le avevo ancora detto che sarei stata sua compagna di stanza fino a data da destinarsi.

"Va tutto bene? Stai per sentirti male?" chiese Hazel.

Emma era dietro la scrivania della reception. Eravamo amiche e anche se ero felice di vederla, non le parlavo da prima che venissi licenziata. Non sapeva del rapimento e dell'aggressione.

Sapeva che ero stata licenziata, che avevo un altro nome o che avevo lavorato per la C.I.A.?

"Ariella" disse Emma, un doveroso sorriso sul viso. Era la stessa espressione allegra che proponeva a tutti gli ospiti del resort.

Hazel guardò prima Emma e poi me. Capii che aveva delle domande, ma fortunatamente non le fece.

"Ho una prenotazione." dissi, tirando fuori il portafoglio dalla borsa.

"Con quale nome?" chiese Emma. Il sorriso sparì dal suo atteggiamento solare. Lei sapeva. "Ariella Cole." Era il mio nome legale e da nubile. Lo avevo cambiato dopo il divorzio. Prima ero Ariella Ryan, moglie di Benjamin Ryan. Era stato dichiarato colpevole di diversi reati tra cui appropriazione indebita, riciclaggio di denaro, la lista era lunga. E ora lei lo sapeva.

Emma era in piedi dietro la scrivania. Le sue dita si mossero sulla tastiera mentre guardava lo schermo.

Aveva visto la prenotazione? Stava prendendo tempo per mettermi in imbarazzo? Pensavo fossimo amiche, ma la sua indifferenza fu una risposta sufficiente.

"Ha una carta di credito, signorina Cole?" chiese Emma. "Me ne serve una a nome di Ariella Cole."

Le diedi la mia carta di credito. "Certo. Ha anche bisogno di un documento di identità?" Le mostrai la patente, pronta ad estrarla dal vano plastificato del portafoglio in caso avesse voluto vederla.

Schiacciò sulla tastiera. "Non è necessario." Dopo qualche minuto, ci consegnò le chiavi, scannerizzandole e assegnandoci il numero della camera. "Ho due letti matrimoniali al terzo piano. Posso aiutarvi con altro?"

Ci diede la chiavi e scrisse il numero della nostra stanza.

"Sono sicura che troverete l'ascensore da sole."

"Grazie," mi forzai di dire, presi le chiavi e mi allontanai dalla reception con Hazel accanto a me.

"Wow. Le hai rubato il fidanzato?" scherzò Hazel.

Schiacciai il bottone per chiamare l'ascensore. "Qualcosa del genere." Non avevo neanche considerato il fatto che potesse essere arrabbiata a causa di Mason.

Hazel non conosceva il mio passato. Il mio compito era prendermi cura di lei e portarla nella stanza d'hotel.

Mason ci avrebbe raggiunte da un momento all'altro.

Entrammo in ascensore, solo noi due. Premetti il bottone per il terzo piano e schiacciai il bottone 'chiudi porte' ripetutamente mentre un uomo di affrettava verso l'ascensore.

Non volevo essere intrappolata con lui, in caso fosse sulle tracce di Hazel. Le porte si chiusero e l'ascensore salì fino al terzo piano. Tirai un sospiro di sollievo. Probabilmente non era nulla. Probabilmente era solo un ospite del resort.

Hazel rimase in silenzio, io uscì dall'ascensore appena le porte si aprirono. Mason era già in corridoio e si trovava fuori dalla nostra stanza.

Lavoravano alla velocità della luce. Declan deve avergli dato il numero della stanza hackerando il sistema dei resort.

Aprii la porta con la chiave e Mason entrò per primo, accese la luce e controllò il bagno e l'armadio.

"Sei certo sia sicuro?" chiese, guardandosi intorno spaventata mentre seguiva Mason dentro la stanza.

Chiusi la porta dietro di me usando il catenaccio.

"Sì. Tieni le tende chiuse. Ci sarà sempre qualcuno con te." Mason si sedette in un angolo della stanza rivolto verso la porta, schiena al muro.

"Rimarrò qui stanotte," sbottai. "Jaxson ha ritirato il mio invito a dormire a casa sua."

Ero praticamente senza tetto. Senza l'assicurazione sulla casa e il fuoco che aveva distrutto la proprietà, non avevo niente.

"Wow," disse Mason. Si passò una mano tra i capelli corti. "Tu sai perché si sta comportando così da stronzo ultimamente, vero?"

Non sapevo rispondere. Non ne ero certa. Credevo che avesse a che fare con me e si pentiva di avermi fatto assumere dalla Eagle Tactical.

"Jaxson è sessualmente frustrato. Ho visto il modo in cui ti guarda." disse Mason.

"Come se volesse uccidermi?" risi.

"Quel ragazzo ha bisogno di una scopata. Ti guarda come se tu fossi il primo premio che ha puntato ad una fiera."

Era assurdo. "Non può essere." Non volevo credere che lui mi avesse trattato così male e buttato fuori di casa perché volesse fare sesso con me. "Oh cavolo! Sono un'idiota. Jaxson probabilmente è arrabbiato perché non può portare una donna a casa con me che dormo in una stanza e sua sorella nell'altra."

"Sono sicuro che non voglia nessun altro." disse Mason, spiegandomelo chiaramente.

Era vero? "Non lo so Mason. Tu non lo hai visto stamattina nel suo ufficio o quando siamo a casa sua. Non riesce nemmeno a guardarmi."

"Avrei lo stesso problema se vivessi sotto lo stesso tetto della donna che amo ma non posso avere." disse Mason.

Il suo sguardo si spostò da me per fissarsi su Hazel.

Potevo sentire la tensione sessuale fermentare tra i due con un solo sguardo. Mi schiarii la gola e indietreggiai verso la porta.

"Devo andare al negozio per prendere delle cose per Hazel. Avrà bisogno di vestiti, prodotti per il bagno, qualcos'altro?" chiesi.

"Prendi tinta e forbici per capelli." Disse Mason. "Non possiamo rischiare che venga riconosciuta da Franco o i suoi scagnozzi. Ariella, voglio che tu sappia che sei la benvenuta e puoi rimanere nel letto in più. Uno di noi rimarrà qui a sorvegliare Hazel, per proteggerla, ma non devi tornare da Jaxson se non ti senti a tuo agio."

"Grazie."

Non ero sicura di ciò che avrei fatto, ma avere l'opzione di restare in hotel mi rassicurò più di quanto pensassi. Avrei dovuto prendere dei vestiti, e le poche cose che avevo comprato dopo essermi trasferita da Jaxson.

"Ti serve qualcos'altro?" chiesi a Hazel.

"Cioccolata e magari una scatola di preservativi." Sogghignò guardando Mason.

Mason sbuffò. "Donna, mi renderai il lavoro molto difficile. Lo vedo già."

"Non hai ancora visto niente." Hazel fece l'occhiolino a Mason.

Lo presi come il segnale per andarmene.

CAPITOLO DIECI

Hazel

"Sembra carina." dissi appena la porta si chiuse.

Mason chiuse la porta a chiave prima di rimettersi sulla sedia.

"Ariella? Sì, non lavoriamo insieme da molto." disse Mason. Non aggiunse altro.

Okay. Forse parlare di Ariella non era l'argomento di conversazione ideale.

Spensi la televisione. Erano passati anni dall'ultima volta che ci eravamo visti. Non volevo guardare la TV o fare finta che quello che stavamo facendo fosse normale.

Volevo parlare con lui, scoprire ogni difetto e vedere quanto era cambiato dai tempi del liceo in cui eravamo praticamente bambini e inseparabili.

"Mi sei mancato." dissi e alzandomi dal letto. Mi tolsi le scarpe e gironzolai per la stanza avvicinandomi a Mason.

"Difficile a dirsi dato che non mi hai mai chiamato." La sua voce era dura, come la sua espressione. C'era così tanto che lui non sapeva, e io non sapevo come dirglielo.

"Neanche tu." dissi.

Eravamo entrambi colpevoli di aver lasciato che le nostre vite si separassero.

Lui entrò nell'esercito, io avrei dovuto frequentare il college in California. Promisi di scrivergli e lui aveva tutto il diritto di essere arrabbiato. Avevo infranto quella promessa.

"Ti chiederei come te la sei passata, ma vedo che non è una storia da lieto fine." disse Mason.

"Potrebbe diventarlo." risposi. Torreggiai su di lui, in piedi tra le sue gambe prima di sedermi in braccio a lui, rivolta verso il suo viso.

Volevo tornare indietro nel tempo, farmi portare via da lui, lontano da Chicago. Era troppo tardi per cambiare il passato, ma volevo dimenticare il tempo che avevamo passato lontani.

"Dimmi che non hai una fidanzata o che non sei sposato." Presi la sua mano sinistra, avvicinando le sue dita al mio viso.

Le mie labbra si attaccarono al suo anulare, vuoto, grate del fatto che sembrasse essere single.

"Hazel..." il suo tono mi avvertì che era meglio fermarsi.

Non lo ascoltai. Non ascolto mai.

Mossi i fianchi, stuzzicandolo, in pratica facendogli una lap dance. Con le dita tra i suoi capelli, mi avvicinai, spingendo il seno sul suo petto.

Lo volevo più di quanto avessi mai voluto nessuno in vita mia. L'avevo amato da quando avevamo quattordici anni. Lui era quello che mi ero fatta sfuggire.

"Promettimi che mi proteggerai."

Avevo bisogno di lui come dell'aria per respirare. Non aveva idea di ciò che avevo dovuto fare per sopravvivere.

La sua fronte era contro la mia. Il caldo e forte palmo della sua mano si posò sulla parte bassa della mia schiena. "Hai la mia parola. Non lascerò che ti accada nulla." disse Mason.

Gli passai le dita tra i capelli.

Chiuse gli occhi.

Il mio respiro gli accarezzava le labbra. Volevo baciarlo. Avevo bisogno di sentirmi viva come avevo bisogno della connessione con lui.

Lui era la mia possibilità di essere libera da Franco, di avere una vita normale, non una in cui ero costretta a sposare un uomo che non conoscevo ed essere spedita in un altro continente.

"Ti voglio, Mason." Le mie labbra si scontrarono con le sue, senza aspettare che lui mi fermasse o mi dicesse che non era una buona idea.

Non mi interessava che avessimo a malapena parlato o che ci fossimo appena riappacificati. Adesso, in quel preciso istante, avevo bisogno di sentirmi al sicuro. Mason era la mia rete di salvataggio. Mi avrebbe preso se fossi caduta.

La sua bocca si aprì, gentile, rispondendo al bacio, la sua mano mi premette più forte contro il suo corpo.

Mani forti e calde si infilarono sotto la mia felpa. Il suo tocco gentile mi sfiorò la pelle nuda.

Rabbrividii mentre mi accarezzava la schiena, il bisogno più forte di ogni altra cosa.

"Sei sicura sia questo ciò che vuoi?" chiese Mason tra baci febbricitanti.

"Sì." dissi, guardandolo dritto negli occhi.

Mi prese tra le sue braccia e mi portò sul letto, stendendomi. Salì sul materasso, si posizionò tra le mie gambe, sopra di me. Precipitosamente, presi la sua maglietta, tirandola verso l'alto, sulla sua testa.

Mason si abbassò, sussurrando al mio orecchio. "Ti rendi conto che potresti farmi licenziare per aver fatto questo con una cliente?"

Guardandolo dal basso, lo avvolsi con le mie gambe, tirandolo giù, bisognosa di sentire il suo peso su di me, di essere protetta e di sentirmi piena - il bisogno più forte di qualsiasi altra cosa.

Non avevo nessun'altra risposta, a parte che lo desideravo.

Era abbastanza? Le mie dita trafficarono col bottone dei suoi jeans, le mani che tremavano mentre con difficoltà cercavo di slacciarlo.

"Hazel?" Le sue dita presero le mie tra le mani. Si sedette tra le mie gambe, prima di immobilizzare le mie braccia ai lati.

"Ho solo - ho bisogno di te, Mason." Sembravo disperata. Lui probabilmente avrebbe chiamato uno dei suoi amici per prendere il suo posto e non mi avrebbe mai più voluta rivedere.

"Forse dovremmo rallentare." Si allontanò e si tolse da sopra il mio corpo.

Gemetti, prima di rendermi conto del suono che era appena uscito dalla mia gola. Era stato lui a farmelo, a farmi sentire cose che credevo impossibili.

Non volevo rallentare o fermarmi. Ansimando, senza fiato, rimasi sdraiata guardando il soffitto.

Mason scese dal materasso, aggiustandosi i jeans che ero riuscita a sbottonare ma non a slacciare. Prese la maglietta dal letto e la indossò.

Mason si schiarì la voce. "Ariella tornerà presto, e non possiamo farci vedere in posizioni compromettenti."

Era questa la sua preoccupazione, che potevamo essere beccati dai suoi colleghi?

Mi alzai e corsi in bagno, sbattendomi la porta alle spalle.

Scivolai lungo la porta, la schiena premuta contro il freddo legno, le ginocchia al petto.

Il rimorso mi pervase il cuore. Ero stata una sciocca a pensare che avremmo potuto riprendere da dove ci eravamo fermati.

Il tempo sembrava scorrere come sabbia in una clessidra, un granello alla volta.

Senza avere il telefono a portata di mano o un orologio vicino, non so quanto tempo passai sul pavimento.

Un colpo fermo vibrò attraverso la porta di legno. "Tutto bene lì dentro?" chiese Mason.

"Bene." Sarei stata bene dopo che tutto questo sarebbe finito e dopo che Franco mi avesse lasciato in pace. Non sapevo come sarebbe potuto accadere, a meno che non mi venisse data una nuova identità o fossi stata messa sotto protezione testimoni - il tipo di accordi che nei film venivano fatti per le vittime innocenti.

Io non ero innocente.

Le mie mani erano sporche di sangue, come quelle di Nikolai.

CAPITOLO UNDICI

MASON

Non avevo mai conosciuto una persona così complicata.

Hazel aveva rubato il mio cuore e la mia verginità al liceo. Siamo stati l'uno la prima volta dell'altra e avevamo giurato di amarci per sempre.

Fu solo una fantasia, una vana promessa che nessuno dei due mantenne dopo che ci diplomammo al liceo.

Io entrai nell'esercito. Hazel andò al college dall'altra parte del paese, ad ovest.

Quando e perché tornò a Chicago, non lo sapevo con certezza. A dire il vero, non ero neanche certo che avesse lasciato Chicago come avrebbe voluto.

Avrei mentito se avessi detto che non avevo mai pensato a lei. Paragonavo le altre donne a lei costantemente. Lei era quella che mi ero fatto sfuggire - la donna che avevo amato e fatto scappare.

Non l'avevo inseguita. Forse avrei dovuto.

Col tempo, pensai che ci fossimo allontanati. Eravamo persone diverse da quelle che si erano conosciute al liceo.

Aveva avuto quello sguardo da predatore dal momento in cui Ariella ci aveva lasciati soli.

Non ci avevo fatto caso, all'inizio. Pensavo che avrebbe guardato la televisione, e io avrei fatto in modo che Franco non la trovasse.

Non avrei voluto fermarmi, col suo piccolo e agile corpo incastonato tra i miei fianchi.

Avrei potuto passare ore a memorizzare ogni sua curva e assaporare ogni centimetro della sua pelle. Volevo scoprirla di nuovo, vedere se era ancora come la ricordavo.

Non potevamo lasciare che il desiderio interferisse e mettesse a rischio la sua vita. Dovevo rimanere all'erta, tenere d'occhio la stanza o qualsiasi cosa sospetta accadesse nei dintorni. Era difficile farlo con le mie labbra serrate sulle sue.

Le sue labbra morbide ancora facevano accendere scintille su tutto il mio corpo.

Mi serviva una doccia gelata, ma era fuori questione.

Invece, avevo ottenuto un trattamento gelido. Si era chiusa in bagno da più di un'ora.

Ariella sarebbe tornata dal negozio da un momento all'altro.

Hazel stava forse aspettando che Ariella tornasse, così da non rimanere sola con me e affrontarmi dopo quello che era successo?

Mi avvicinai alla porta del bagno, la mia mano adagiata sul legno. Bussai piano. "Va tutto bene lì dentro?" chiesi.

Non mi aspettavo che avesse problemi con Franco o che avesse bisogno di me per qualcosa che non riuscisse a risolvere da sola nel bagno. Cercavo solo un modo normale di iniziare una conversazione, qualcosa che l'avrebbe fatta uscire dal suo nascondiglio.

"Bene."

Ogni donna che mi abbia mai detto di stare 'bene' non lo era mai del tutto. Avevo imparato più volte che "bene" era la parola in codice per "lasciami in pace, cazzo" o "è tutta colpa tua".

Non sapevo come potesse essere colpa mia, a parte per il fatto che ci avevo impedito di andare oltre.

Anche se eravamo entrambi adulti consenzienti, non credevo fosse una buona idea che Ariella entrasse e ci trovasse accaldati e sudati tra le lenzuola.

Non ero tipo da raccontare le mie avventure, men che meno da lasciare che la nuova arrivata in ufficio assistesse alle nostre voglie.

Alzai la mano per bussare ancora, ma mi sembrò controproducente. Se avesse voluto uscire dal bagno, l'avrei aspettata.

Lasciai cadere la mano sul fianco e presi il telefono, controllando velocemente i messaggi prima di posarlo sul tavolo. Non era arrivato niente di urgente o importante.

Mi sedetti nuovamente sulla sedia, rivolgendo tutta la mia attenzione alla porta mentre aspettavo che Ariella tornasse.

Senza dubbio, Hazel sarebbe uscita dal bagno una volta che Ariella fosse tornata. Giusto?

———

Venti minuti dopo, Ariella arrivò con varie borse di vestiti e prodotti da bagno per Hazel.

Hazel non mi guardò nemmeno mentre le due donne si sedettero sul bordo del letto, svuotando le borse.

Io sedevo in un angolo della stanza, osservandole. Era quasi come se non esistessi.

Ariella alzò lo sguardo su di me e mi sorrise prima di rivolgersi nuovamente ad Hazel.

Beh, almeno non ero invisibile.

"Vuoi che ti tinga e tagli i capelli?" chiese Ariella.

Hazel era distrutta, gli occhi infossati e la pelle cerea. "Sapevo che avrei dovuto farlo. Solo...non sono ancora pronta."

"Prometto che avrai dei capelli bellissimi, e nessuno ti riconoscerà. Taglieremo diversi centimetri e con una tinta biondo platino, nessuno penserà si tratti di te."

"Lo spero."

"Vieni con me." Ariella portò le forbici in bagno.

Hazel esitò per un lungo momento, l'attenzione focalizzata sul pavimento. Non alzò nemmeno gli occhi su di me.

Quando tutto questo fosse finito ed Hazel fosse stata in salvo, avremmo dovuto fare una lunga chiacchierata.

"Vieni?" chiese Ariella.

Hazel si mosse verso il bagno e chiuse immediatamente la porta. Riuscivo a sentire il chiacchiericcio, poi la ventola del bagno si accese, probabilmente per coprire ogni discussione su di me.

Ariella aveva notato il cambio di umore di Hazel? Avevo cercato di non dare nessuna impressione che le cose fossero cambiate nell'ora in cui si era assentata.

L'allarme antincendio emise il suo stridio assordante - la luca bianca balenò dentro la stanza. Tirai fuori la pistola, preparandomi a qualsiasi cosa sarebbe successa dopo.

Camminando verso la porta del bagno e l'uscita della stanza, bussai forte alla porta del bagno.

"Lo abbiamo sentito," disse Ariella. Aprì la porta. Non sembrava avesse ancora tagliato i capelli ad Hazel. Io almeno, non notai nessuna differenza evidente.

"Rimettiti il cappuccio." ordinai. Con la pistola in pugno, abbassai piano la maniglia e uscii.

Il corridoio era invaso dal fumo.

"Statemi vicino." Feci strada con Ariella dietro di me e Hazel incastrata tra noi due.

I miei occhi bruciavano a causa del fumo e trattenni il respiro.

Colpì di tosse si susseguirono alle mie spalle. Non mi girai per vedere se fosse Hazel o Ariella ad avere difficoltà a respirare.

"Continuate a camminare. Siamo quasi all'uscita." Avevo studiato l'uscita dalla nostra stanza. Dovevamo superare tre stanze prima di raggiungere la porta per le scale.

Nella coltre di fumo, i miei occhi bruciavano e lacrimavano.

Cercai a tentoni la maniglia, la spalancai e fui sollevato nel vedere non c'era fumo sulle scale.

"Muoviamoci!" urlai ad Ariella e Hazel. Erano appena dietro di me e si affrettavano giù per i gradini.

Le lampade sulle scale emettevano una tenue luce alogena. Le lampadine sfarfallavano, rilasciando quanto bastava per illuminare la strada.

Nascosi la pistola per non allarmare gli altri ospiti che si riversavano fuori da ogni piano, la scala diventava sempre più affollata mentre tenevo Hazel dietro Ariella, e me attaccato alla sua schiena.

I miei stivali calpestarono gli scalini e quando infine arrivammo al primo piano e seguimmo il fiume di ospiti fuori dalle scale, i miei istinti ebbero la meglio.

Uomini con passamontagna neri e pistole semi automatiche avevano preso degli ostaggi all'ingresso.

"Spegni quel dannato allarme!" urlò l'uomo più vicino a me. Muoveva la canna della pistola in modo del tutto casuale, minacciando chiunque tranne i suoi compagni che avevano preso il comando dell'hotel.

"State giù!" ci urlò un altro uomo mascherato, l'arma puntata agli ospiti che stavano arrivando dalla scalinata.

"Per terra, subito!"

Feci segno ad Ariella ed Hazel di abbassarsi.

"Niente segnali segreti." L'uomo con la maschera mi colpì alla testa con la canna della pistola, facendomi cadere.

Del sangue mi scorreva sulla fronte. La ferita bruciava, ma non più del mio orgoglio.

Non contento, mi perquisì in cerca di un'arma, la sua semi automatica puntata alla mia testa. Infilò la mia pistola nei suoi pantaloni neri.

"Eagle Tactical, eh? Tu vieni con noi."

CAPITOLO DODICI

ARIELLA

Il fumo fu un diversivo al terzo piano per far uscire tutti dalle loro stanze e portarli al piano di sotto.

Chi erano gli uomini con le maschere, e perché avevano aggredito Mason e lo avevano portato via?

"Starò bene.", disse, guardandoci da dietro la spalla.

Gocce cremisi caddero sul pavimento di linoleum, macchiando il corridoio.

Mason fu portato via dall'entrata.

Non riuscii a vedere dove lo portarono. Le sue mani erano in aria, in segno di resa. La sua arma era stata confiscata.

Aveva una pistola di riserva?

Gli occhi di Hazel brillarono di lacrime.

Eravamo sdraiate sul pavimento vicino alla scalinata, le mani sulla nuca. Voltai la testa per rivolgermi ad Hazel, cercando di farle capire che sarebbe andato tutto bene.

Gli uomini mascherati, ero riuscita a contarne otto quando ci avevano costretti sul pavimento, perquisirono ognuno di noi mentre eravamo stesi a terra, prendendo telefoni, chiavi, qualsiasi cosa che potesse essere usata come arma o per chiamare aiuto.

L'allarme antincendio si spense.

Qualcuno aveva attivato l'allarme.

I vigili del fuoco erano obbligati a rispondere alla chiamata e avrebbero avvertito la polizia non appena avessero visto cosa dovevano affrontare.

Spesse catene di metallo chiusero le porte dall'interno. Non potevamo andarcene, non senza qualcuno che ci accompagnasse fuori dall'edificio.

Il mio respiro si fece affannoso, un'ondata di nausea percorse il mio corpo. Dovevo tenere le mie emozioni sotto controllo e calmare la paura che mi pulsava nelle vene.

Chiusi gli occhi e contai fino a dieci. Feci qualche esercizio di respirazione per calmare il battito cardiaco, che avrebbe aiutato a calmare i miei nervi.

Immaginai un vuoto nero con una singola onda. Con ogni respiro, seguivo l'onda e inspiravo piano, trattenevo, ed espiravo alla stessa velocità.

Il tremore alle mani era minimo, ma l'esercizio evitava che il mio corpo intero tremasse.

"Tutti quanti contro il muro!" ordinò l'uomo con la maschera. "Lentamente! Niente movimenti bruschi o vi spareremo."

Puntò la pistola al soffitto e fece esplodere una serie di colpi, mettendo paura, ricordandoci che erano loro al comando e di fare quanto ordinato.

Hazel e io ci alzammo e indietreggiammo fino alla parete.

Dove avevano portato Mason?

Chiaramente lo conoscevano. Il che voleva dire che doveva essere qualcuno del posto, giusto?

Sapevano che Mason si trovava all'hotel? Non aveva effettuato il check-in al resort, quindi qualcuno doveva aver visto lui o la sua macchina fuori.

A meno che questo non avesse niente a che fare con Mason, e loro volessero solo toglierlo di torno.

Non era un segreto che lui fosse un ex militare delle forze speciali e che avrebbe messo in pericolo la sua vita pur di proteggere gli altri.

Senza di lui, quale speranza avevamo di uscirne vivi?

Degli otto uomini mascherati che avevo notato prima, ne rimanevano solo sei ora. Dov'erano andati gli altri due? Soltanto uno aveva portato Mason fuori dalla stanza. Che avessi contato male?

Hazel mi prese la mano. La strinsi, rassicurandola che sarebbe andato tutto bene. La sua presa si fece più forte sulla mia mano. La guardai, bloccata dalla paura, i suoi occhi si spostarono sui due uomini in giacca e cravatta dall'altro lato della stanza, presi in ostaggio come noi.

"Loro," mormorò, così che solo io potessi sentirla.

"Li conosci?" chiesi.

"Quello è Franco," sussurrò Hazel. Abbassò la testa, lasciandosi cadere il cappuccio sugli occhi.

L'uomo l'aveva riconosciuta? Non volevo fosse ovvio che lo avevo individuato.

Distrattamente, passai lo sguardo su tutte le persone nella stanza, prendendo mentalmente nota di quanti erano bambini, se qualcuno fosse ferito, e poi scrutai i due uomini che volevano Hazel.

Parlavano tra di loro, le schiene contro il muro. Sembravano dei veri malviventi, capelli scuri, ammassi di muscoli in completi scuri.

Erano troppo lontani per sentire cosa si stessero dicendo. Forse non aver notata Hazel rannicchiata accanto a me, poteva essere una cosa positiva.

Ero la sua ultima possibilità di protezione.

Non avevo un'arma, e c'erano uomini mascherati e armati che controllavano ogni nostra mossa.

Come avremmo fatto ad uscirne vive?

CAPITOLO TREDICI

MASON

Vidi tutto nero.

L'uomo che mi aveva trascinato fuori dall'hotel e nel retro buio di un furgone mi mise un cappuccio sulla testa e mi legò le mani con delle fascette.

Non disse nulla.

Che fosse preoccupato che se avesse parlato di nuovo avrei potuto riconoscere la sua voce?

Sapeva per chi lavoravo, il che significava che mi conosceva.

La porta sbatté. Rimasi in ascolto aspettando che se di sentire chiudersi un'altra. Non accadde. Nemmeno il motore si accese.

Un click arrivò dall'altra parte del parcheggio. Era una porta che si chiudeva? L'aggressore era tornato nell'edificio?

Ero rimasto da solo nel furgone bianco senza targa parcheggiato accanto all'uscita laterale del resort. Dovevo togliermi le fasce dai polsi, e poi me la sarei vista coi bastardi che avevano preso il Blue Sky Resort.

Che cosa volevano, soldi? L'hotel probabilmente non aveva molti contanti sotto mano, dato che per prenotare era necessario una carta di credito, ma era possibile che i contanti venissero usati per pagare attrezzatura da sci e snowboard.

Avevo visto otto uomini mascherati, tutti vestiti scuro, con pantaloni e scarpe nere.

Non volevano essere riconosciuti, ma conoscevano me. Il che voleva dire che io li conoscevo.

Chiunque fossero, erano dei principianti.

Mi piegai in avanti e usai il mio corpo per creare più spazio possibile. Ero stato addestrato per questo e, anche se avrei potuto fare lo stesso movimento all'hotel, ero in inferiorità numerica e loro avevano più armi.

Tirai con forza le braccia, rompendo le fascette.

Mi tolsi il cappuccio dalla testa e lo gettai a terra prima di aprire la portiera del furgone e uscire. Era troppo facile.

Sirene risuonarono in lontananza, avvicinandosi.

Un camion dei vigili del fuoco e una volante della polizia entrarono nel parcheggio.

Un'ambulanza li seguiva poco lontano.

Lo sceriffo fermò la macchina davanti all'edificio e uscì, le luci ancora accese ma la sirena spenta. "Non mi aspettavo di vederti due volte in solo giorno, Reid. Mi puoi dire cosa sta succedendo? È scattato l'allarme antincendio ma non c'è nessuno fuori."

Persino lui si rese conto che qualcosa non andava. "Sequestro, otto aggressori con armi semi-automatiche. Sono stipati nell'atrio con gli ostaggi."

Cercai il telefono in tasca ma non lo trovai. Lo avevo lasciato sul tavolo di sopra.

Merda.

Dovevo contattare il team.

"Ti hanno detto cosa vogliono? Qualche richiesta?" chiese lo sceriffo Nelson.

"Niente. Sapevano che sono con la Eagle Tactical. Uno di loro mi ha colpito con la pistola, mi ha rubato l'arma e ha trascinato il mio culo qui fuori. Mi ha buttato nel retro del furgone. Fortunatamente aveva solo delle fascette e non mi ha ammanettato." Era molto più difficile liberarsi dalle manette.

"Gente del posto. Hai riconosciuto qualcuna delle loro voci?" Chiese lo sceriffo Nelson.

"No." Avrei voluto essere di più aiuto.

"Hai dei ragazzi dentro?"

"Due, ma non sono i miei fratelli. La nuova ragazza che abbiamo assunto e una cliente. Nessuna delle due ha addestramento da forze speciali come i miei compagni."

Volevo fosse chiaro che non erano nella posizione di fermare ciò che stava accadendo all'interno.

Lo sceriffo Nelson chiamò i rinforzi e contattò la Eagle Tactical per la loro esperienza.

Eravamo addestrati per questo e anche se non eravamo sempre i primi a buttarci davanti al pericolo, eravamo sempre disponibili per consultazioni sul campo.

Emma uscì, pacchetto di sigarette in mano.

"Ferma dove sei! Mani in alto!" disse lo sceriffo Nelson nel megafono della sua macchina.

Fece cadere l'accendino e le sigarette. Occhi spalancati, alzò le mani e fece un passo indietro, cercò la porta e si rigettò dentro l'edificio.

La porta si chiuse dietro di lei.

"Chiama Declan," dissi. "Digli di cercare tutto quello che può su Emma Foster."

"Aspetta, la conosci?" Chiese lo sceriffo Nelson. "è lei la tua cliente? Quella all'interno con la ragazza nuova?"

"No. Emma si è trasferita a Breckenridge di recente. Abbiamo fatto dei controlli su di lei quando è stata assunta al resort come da protocollo. È risultata pulita."

Perché era venuta a Breckenridge? Era chiaro che stesse aiutando gli uomini che avevano preso il controllo del palazzo. E il fatto che andasse in giro e vivesse con loro, cosa diavolo stavano cercando o avevano in mente?

Lo sceriffo Nelson mi diede il suo telefono. Chiamai Declan in ufficio, dandogli le informazioni su Emma. Mentre mettevo giù la chiamata, Jaxson e Aiden entrarono nel parcheggio.

"Sembra che il resto del tuo team sia arrivato." disse lo sceriffo.

Aidan scese dalla macchina e mi squadrò. "Come va la testa? Hai bisogno di un medico?"

"La mia testa sta bene." Da quando aveva preso lui il ruolo di Jaxson come genitore del gruppo? Me lo sarei aspettato da Jaxson, dato che era un padre. "Il mio ego è un po' ammaccato, tutto qui."

Farmi trascinare via davanti a tutta la città non avrà di certo giovato all'immagine della Eagle Tactical. Avrei dovuto combattere con più forza e rompere il culo a quel tipo con la pistola.

"Sono sicuro che ti rimetterai. Hazel e Ariella sono dentro?"

"Purtroppo. Dov'è Jaxson?" chiesi.

"Uscirà tra un secondo. È al telefono col fratello del nostro cliente. A quanto pare sta chiedendo informazioni visto che non riesce a mettersi in contatto con Franco."

La mia testa iniziò a girare. "Cosa? Sta cercando di ingaggiarci anche lui adesso?" Quante possibilità c'erano? Non poteva essere che noi eravamo stanziati a Chicago ed entrambi stessero cercando un'agenzia di sicurezza privata.

"No. Franco ha dato il nostro contatto a Nikolai in caso non si fosse fatto sentire." disse Aiden. "è possibile che questi uomini siano quelli del ristorante di stamattina?"

"I due uomini deceduti erano Alexander Petrov e Miko Romanoff." dissi.

Jaxson sbatté la portiera del furgone e si avviò con grandi falcate verso di noi, fumante.

Il suo umore di merda era causato dalla telefonata o dal fatto negli ultimi giorni era sessualmente frustrato per aver lavorato accanto ad Ariella? Non potevo sopportare il suo atteggiamento ancora per molto. Lanciai un'occhiata a Declan. Lo aveva visto anche lui, vero?

Declan annuì leggermente e si passò una mano sulla mandibola, guardando il resort. "Quanti uomini armati hai visto?" chiese Declan.

"Ce n'erano otto nell'atrio, armati con pistole semi-automatiche e con passamontagna. Non ho visto nessuna protezione per il corpo, il che è meglio per noi." risposi.

Un altro agente portò una mappa dell'edificio e la aprì sul cofano della volante.

Indicai l'uscita da cui Emma era passata con facilità. "Quello sembra essere l'unico punto d'accesso non chiuso a chiave." Avevo notato dei catenacci di metallo sulla porta, prima di essere colpito. Avevo cercato di catturare più dettagli possibile. Ero gli unici occhi che il team aveva adesso.

"La SWAT sta arrivando. Vorrei che la Eagle Tactical assista," disse lo sceriffo," ma siamo noi a capo dell'operazione."

"Certo." dissi. "Non vorremmo che fosse altrimenti.". Sapevamo quali erano le procedure per casi di questo tipo. C'era molta burocrazia dietro e loro non potevano darci le redini del comando come se nulla fosse.

"Dove sono Ariella e Hazel?" chiese Jaxson.

Mandai giù il nodo che avevo in gola. Non lo avevano saputo dallo sceriffo?

"Sono dentro il resort." Incontrai il suo sguardo glaciale, ma ero intenzionato a non tirarmi indietro.

I suoi occhi si strinsero. "Questo lo so. In che parte dell'edificio si trovano?"

Indicai il punto sulla mappa. A quel punto, era improbabile fossero stati sostati da un'altra parte. "Qui."

"Quanti ostaggi ci sono all'interno?" domandò lo sceriffo.

Non ero riuscito a contare il numero totale abbastanza in fretta. Potevo azzardare un'ipotesi. "Cinquanta ostaggi, forse sessantacinque." Non molta gente era entrata attraverso la scalinata mentre mi stavo facendo spaccare la testa con la canna di una pistola.

"Iniziamo a negoziare e vediamo cosa vogliono." disse Jaxson.

"C'è una cosa che devi sapere, Jaxson." Alzò lo sguardo dalla mappa dell'edifico a me. "Crediamo che Emma sia coinvolta nel rapimento degli ostaggi. È uscita fuori a fumare."

"Non capisco. Perché non fumare dentro, se è coinvolta?" Jaxson aggrottò le sopracciglia, la mascella contratta.

Non avevo una risposta o una spiegazione per lui, almeno non al momento.

Forse mi sbagliavo. Forse aveva sentito l'allarme antincendio mentre era chiusa in bagno e poi era uscita per una sigaretta.

Ma allora perché tornare dentro non appena viste le autorità?

Doveva nascondere qualcosa.

Declan incrociò le braccia al petto. "Magari è uscita per vedere se fosse arrivato qualcuno ad intervenire? Io non conosco Emma, ma questo non sembra da lei."

Sbuffai, "Era con gli NoTech la settimana scorsa."

"Questo non significa che sia colpevole di un crimine," commentò Declan. "Solo che ha pessimo gusto per gli amici."

"Potrebbe significarlo, se puntasse una pistola contro Jaxson." Avevo mantenuto il segreto di Jaxson con Ariella, ma non avevo nemmeno considerato di parlarne con il team. Avrei dovuto dire qualcosa prima? Mi passai una mano tra i capelli. Era troppo tardi adesso per ripensarci. Non potevo commettere un altro errore, non con tutte queste vite a rischio.

"Ariella non sa che Emma è immischiata con gli NoTech." disse Jaxson. "Il che significa che potrebbero usarla per arrivare a noi."

Sarebbero arrivati a tanto?

"Ti ha chiamato o ha cercato di comunicare con te?" chiesi a Jaxson.

I due erano stati vicini, e anche se adesso c'era stato un litigio di qualche tipo, lei sarebbe comunque andata da lui se fosse stata nei guai, giusto?

"No, le ho inviato un messaggio ma non ha risposto. Declan ha rintracciato il suo telefono e ha detto che è spento." rispose Jaxson.

"Probabilmente hanno sequestrato tutti i telefoni." dissi. "L'ABC del sequestro di ostaggi."

"Grazie mille." Jaxson scosse la testa e si precipitò verso il furgone.

"Dove stai andando?" Lo seguii mentre apriva il bagagliaio e recuperava l'equipaggiamento strategico.

Prese un giubbotto antiproiettile e lo sistemò sopra la sua camicia.

"Mi rifiuto di restare col culo fermo e aspettare che la SWAT ci dica come fare il nostro lavoro, o peggio, lo sceriffo della città. Vieni con me?"

CAPITOLO QUATTORDICI

ARIELLA

Con la schiena premuta contro il muro, avvicinai le ginocchia al petto.

Hazel era seduta alla mia destra, rannicchiata contro di me mentre eravamo tutti stipati nella hall.

Ero stata addestrata dalla C.I.A. su come neutralizzare un aggressore in un sequestro di ostaggi ma non c'era nessuna lezione che parlasse di otto uomini armati contro un'operatrice tecnica.

Non avevo mai avuto nessuna opportunità emozionante sul campo. Restavo seduta in camere d'albergo in paesi stranieri ad ascoltare con attrezzatura di sorveglianza. Quello era il massimo dell'emozione per me.

Questo andava molto oltre e, onestamente, avrei potuto vivere tranquillamente senza il brivido. Non mi piacevano le avventure da adrenalina a mille, e questa mi stava facendo esplodere il cuore nel petto.

Avere una disfunzione autonomica fa schifo in una giornata normale. Oggi, mi stava devastando. Mi servì ogni briciolo di forza per costringere il mio corpo a restare calmo, a non tremare anche se l'istinto di lotta-o-fuga aveva preso il sopravvento.

I miei esercizi di respirazione facevano schifo. Le tecniche psicofisiologiche come il biofeedback sono un ottimo strumento con l'equipaggiamento giusto. Seduta sul pavimento con uomini mascherati che ci minacciavano con delle pistole, non era il momento giusto per usarle.

Avrei voluto avere un'arma. Anche se alla fine, che differenza avrebbe fatto? Non ero di certo capace di fermare otto uomini, magari uno o due in una buona giornata. Sei erano rimasti con noi, e gli altri due che erano spariti avevano fatto ritorno, ma Mason non era con loro.

Dov'era? Era vivo? Lo avevano torturato?

Cercai di pensare al altro. Cuccioli. Tramonti estivi. Fare surf sulla spiaggia. Jaxson. L'ultimo mi causò un leggero tremolio al labbro e mi fece torcere lo stomaco.

Non volevo pensare a lui.

L'uomo di cui Hazel aveva paura si schiarì la voce. "Per quanto ancora avete intenzione di tenerci? Qualcuno di noi ha degli affari da sbrigare."

Aveva un accento marcato, sicuramente russo. Avevo studiato lingue come parte del mio curriculum alla C.I.A.

Il più basso tra gli uomini mascherati si precipitò sul russo e puntò la pistola sul suo petto, proprio sul cuore. "Chiudi la bocca!" ringhiò l'uomo mascherato.

"O cosa? Mi sparerai?" Il russo ridacchiò, impassibile davanti alla minaccia. In ogni caso, non reagì fisicamente. "Non mi fai paura. Ho ucciso scarafaggi più grandi di te."

"Quello è Franco." mi sussurrò Hazel all'orecchio.

Me lo aveva detto poco prima, ma fino ad ora non avevo capito quale fosse dei due.

C'erano due uomini corpulenti in completo e dai capelli unti, seduti per terra con le spalle al muro opposto.

Se il bastardo avesse sparato a Franco, ci avrebbe fatto un enorme favore senza neanche saperlo.

"Tu potrai anche non avere paura della morte, ma se ammazzassi il tuo amico?" L'uomo con la maschera spostò la pistola dal petto di Franco alla testa dell'altro uomo. "Sto morendo dalla voglia di premere il grilletto."

"Vai, fallo pure." disse Franco. Sembrava annoiato.

Era una specie di psicologia inversa?

Non riuscivo a vedere gli occhi dell'uomo mascherato dall'altra parte della stanza. Stavamo guardando tutti. L'atmosfera si fece pesante. Parecchi sussulti spaventati si levarono dagli ostaggi.

"Ne ho abbastanza!"

Un uomo più grosso con una maschera e la pistola in pugno, spostò l'arma dalla testa dell'uomo.

Afferrò il braccio dell'uomo più basso e lo trascinò per il corridoio.

"Codardo!" urlò Franco.

Le mie mani tremarono mentre rilasciavo un respiro nervoso. Gli uomini che ci tenevano prigionieri non erano assassini. Non ancora per lo meno.

Cosa pensavano di fare, prendendo ostaggi nel resort? Cosa potevano sperare di ottenere?

Uno degli uomini mascherati trascinò una donna, con le mani legate dietro la schiena, verso di noi. "Lasciami andare!"

La sua voce risuonò nel corridoio.

Emma?

I lunghi capelli castani coprirono le sue guance e gli occhi arrossati. Aveva pianto?

"Lasciami in pace!" Emma scivolò via dalla presa dell'uomo mascherato e posò lo sguardo su di me.

Tirò su col naso e cadde sul pavimento accanto a me.

"Ti hanno fatto del male?" chiesi, la mia voce poco più di un sussurro.

L'uomo mascherato alzò la sua arma e me la puntò alla testa. "Silenzio!" gridò.

Tremando, abbassai lo sguardo. Non volevo apparire come una minaccia. L'ultima cosa di cui avevamo bisogno era attirare l'attenzione di Franco e che lui notasse Hazel rannicchiata accanto a me.

"Ragazza intelligente." disse lui con una risata. Immaginai un sorriso oscuro e sinistro dietro quello occhi occhi azzurro ghiaccio.

La sua voce mi diede un brivido lungo la schiena. Era spessa e dura. Grugnì e abbassò l'arma, ma si piegò e afferrò il mio braccio.

"Tu vieni con me," mi tirò in piedi, la sua presa forte e sicura, spietata.

"No!" dissi ritraendomi alla sua stretta.

Ero più al sicuro con gli altri ostaggi. Non mi fidavo dell'uomo con la maschera, cosa mi avrebbe fatto fare con lui?

"Tu non mi dici di no." sibilò e mi afferrò i capelli, il suo pugno stringeva le mie ciocche mentre tirava il mio collo all'indietro per guardarmi in faccia.

Ci stavano guardando tutti? Non potevo girarmi, il mio collo era piegato ini modo da farmi guardare verso di lui, la maschera mi rendeva impossibile vederlo.

Mi mise sopra la sua spalla e, con l'altra mano, prese il braccio di Hazel. Almeno lei aveva una felpa pesante per proteggerla dalla sua presa d'acciaio.

"Lasciami andare!"

Mi battei con tutta la mia forza. Battei pugni sulla sua schiena, colpendolo. Fu tutto inutile. Indossava un giubbotto sotto la sua camicia nera, spesso, come un Kevlar, facile da nascondere.

"Fate silenzio o vi pianto un proiettile in testa, a tutte e due!!"

CAPITOLO QUINDICI

JAXSON

Mason prese un paio di tronchesi, e ci infiltrammo nell'entrata laterale del resort.

Starsene seduti e aspettare la SWAT per negoziare non era una buona idea.

Ricevetti una chiamata da Nikolai Agron, l'ultima persona con cui avrei voluto avere a che fare oggi.

Se quello che avevo sentito era vero, allora avrei iniziato a seguire un cliente che non ero a mio agio a gestire. Avevo già avuto a che fare con uomini che erano dei pezzi di merda, ma questo era diverso.

Di solito ero io ad avere il controllo.

Non mi piaceva che Ariella e Hazel fossero tenuti in ostaggio, e Franco fosse irrintracciabile. Le azioni al resort non si confacevano alle strategie della mafia. Se Franco avesse saputo che Hazel aveva prenotato una stanza, l'avrebbe senza dubbio rapita o uccisa, a seconda del suo desiderio.

Non ero sicuro di cosa avrebbe fatto. Sebbene la volesse come moglie, il fatto che aveva sparato agli agenti federali senza curarsi della sua sicurezza mi faceva pensare che fosse pronto a ucciderla. Che fosse perché l'aveva tradito?

Feci cenno a Mason di seguirmi in fondo al corridoio. Annuì e mi coprì da dietro. Tenevamo le pistole spianate; ci stringemmo al muro dopo aver girato l'angolo. Nella distanza, le voci si facevano più alte e prominenti. Significava che eravamo vicini.

I capelli castano grigiastro erano stati da poco tagliati a caschetto. Emma Foster, la madre biologica di mia figlia, era appena dietro l'angolo di un altro corridoio, con un distributore automatico.

Vestita con pantaloni sportivi neri e la camicia col colletto blu del resort, picchiettava il piede contro il pavimento in linoleum. "Non capisco perché non potevo anch'io indossare una maschera e vestirmi come voi," disse Emma.

Dall'altro lato del distributore, c'era un uomo mascherato. La sua pistola spuntò da dietro la macchinetta dopo aver fatto un passo in avanti.

Tutto vestito di nero, era della mia stessa altezza e stazza. L'avrei potuto affrontare facilmente, ma non davanti a Emma. Emma era sicuramente immischiata.

Sapeva cosa stava succedendo? Quanto importante era il suo ruolo? Era stata lei a orchestrare il tutto? Avevo una valanga di domande, ma non avrebbero ottenuto risposta se mi fossi avvicinato a lei. Non era così che lei agiva, non con me. C'era una storia tra di noi, una storia complicata. Non eravamo amici, non eravamo nemmeno amanti. Avevamo passato una notte insieme, tecnicamente una giornata molto lunga, e nulla più.

L'uomo mascherato si piegò verso Emma e le sussurrò qualcosa all'orecchio prima che lei si allontanasse lungo il corridoio.

Attesi che Emma se ne andasse e girai l'angolo prima che l'uomo mascherato potesse accorgersi che qualcuno li stava osservando. Lo speronai per le gambe facendogli perdere l'equilibrio.

Inciampò all'indietro, incespicando nei suoi piedi, la pistola scivolò dalla sua presa cadendo per terra.

Trattenni il fiato. Emma aveva sentito il baccano? Sarebbe tornata e ci avrebbe visto lottare?

Mason tenne la guardia, coprendomi le spalle.

Afferrai l'arma sul pavimento e la puntai all'uomo mascherato. "Togliteli," dissi a denti stretti. C'era solo un modo di entrare, ovvero vestiti come loro.

"Fottiti," l'uomo mascherato disse prima di darmi una testata.

Cazzo, fa male. Ingoiai il dolore mentre sbracciava per prendermi la pistola. No. Non gliel'avrei data. Gli diedi un pestone, una gomitata sullo stomaco e una ginocchiata sull'inguine.

Giocare sporco era l'unico modo di sopravvivere. Non eravamo su un ring da pugilato con regole predeterminate. Questa era vita o morte. "Bastardo," grugnì, prima di balzarmi addosso, facendomi sbattere la schiena contro il muro.

Sussultai per l'impatto, e Mason si avvicinò correndo, la pistola spianata e puntata contro la fronte dell'uomo mascherato.

Gli strappai via la maschera, scioccato.

Jayden Scott. Era stato con gli NoTech troppo a lungo.

"Che diavolo?" Non potevo credere in cosa si fosse immischiato. Avevamo prestato servizio alle forze speciali insieme ed eravamo come fratelli. Sembrava una vita fa, mentre rispondevo al suo sguardo glaciale.

L'aveva fatto per via di Emma? Sembravano piuttosto in confidenza vicino

al distributore automatico poco fa. Era per questo che era venuto?

Passai la semi-automatica a Mason, che stava alle mie spalle. Non volevo che Jayden ci mettesse ancora le manacce sopra.

Tenendo la camicia nera di Jayden con una mano, premetti la pistola sulla sua testa. "Dammi un motivo per cui non dovrei scaricarti addosso tutte le munizioni," ringhiai.

"Tu non sai niente," disse Jayden.

"Cosa ci fai qui? Che cosa vogliono?" Le persone non rapiscono ostaggi per passatempo, specialmente non queste persone, NoTech.

Che cosa cercavano? Mi avvicinai al suo volto, la sicura tolta – il mio indice sul grilletto. Ero pronto a sparargli, allo stesso uomo cui avevo salvato la vita dieci anni fa.

Tirò su col naso e alzò le spalle. Jayden non sudava più di tanto con una canna di pistola puntata.

"Non hai il coraggio di spararmi, Monroe."

Detestavo quanto bene mi conoscesse. La verità era che non avrei sparato a un uomo disarmato a meno che non fossi in pericolo di morte. Non lo ero, per lo meno non ora, ma tutti gli altri sì.

Non avevo altra scelta. Presi il calcio della pistola e gliel'o picchiai sulla testa, stendendolo privo di sensi. Cadde a terra con un tonfo.

"Aiutami a togliergli i vestiti," dissi.

Mason non si mosse, riponendo una pistola e tenendo l'altra puntata dietro l'angolo, pronto a proteggerci senza esitazione. "Sembra che tu ce la possa fare da solo."

Sospirando, lasciai Jayden solo coi boxer. Non andavo fiero di quel che avevo fatto, ma quali altri scelte avevo?

Due di noi contro otto, con dozzine di ostaggi, non presagiva nulla di buono. Quanto meno, erano sette adesso, esclusa Emma che era dei loro. Dovevo occuparmi anche di lei.

Aprii la porta più vicina, uno sgabuzzino degli inservienti, e trascinai Jayden all'interno. Serrai la porta, e con l'aiuto di Mason, spostammo il distributore davanti per evitare che Jayden scappasse, nel caso si svegliasse prima che il mio piano fosse compiuto.

Indossati in fretta i vestiti, mi infilai l'ultima parte del completo, il passamontagna nero, e allungai la mano verso la pistola che Mason aveva messo da parte per me.

"Sei sicuro di volerlo fare?" chiese Mason. "Sei un padre, magari è meglio che sia io a rischiare la vita."

Sembrava avesse un ripensamento. Non potevo permettermi di tirare a indovinare qualsiasi decisione presente o futura. "Ho tutto sotto controllo."

Dovevo proteggere Ariella così come Hazel. Il mio lavoro comprendeva anche rischiare la vita. Era parte del ruolo.

Alla cintura avevo delle fascette di plastica che Jayden indossava sui pantaloni. Anche se non avevo intenzione di prendere ostaggi, non volevo neppure che Emma scoprisse che non ero Jayden.

Avrebbe riconosciuto la mia voce o i miei occhi attraverso la maschera? Avevamo sì passato una sola notte insieme, ma lei si era presentata alla mia porta con Isabella, e io mi ero presentato alla sua porta dicendole di lasciare la città poco più di un mese prima.

Feci cenno a Mason di seguirmi in fondo al corridoio. Emma stava lontana dagli ostaggi. Se ne stava appoggiata al muro, il telefono in mano, lo schermo rivolto al dispositivo, ignara della mia presenza.

Mason rimase indietro, con la pistola pronta nel caso avessi avuto bisogno di rinforzi.

Mi intrufolai senza che lei battesse ciglio.

La sua attenzione era interamente rivolta al gioco a cui stava giocando sul cellulare, che prevedeva una serie di bolle variopinte di cui non capivo il senso.

Le afferrai le braccia e gliele strinsi dietro la schiena. Il telefono cadde per terra.

Con una delle fascette di plastica, le legai insieme i polsi.

"Jayden," nella sua voce c'era una nota di fastidio. "Non è divertente. Lasciami andare."

Non le risposi. Non volevo ancora parlare, preoccupato che si accorgesse che la mia voce non era la sua.

Dovevo fare attenzione. Avevo solo un tentativo, e non volevo sprecarlo prima di aver trovato Ariella e Hazel.

Dovetti sforzarmi per non voltarmi a guardare Mason. Ero abituato a lanciare segnali sul campo. Mi copriva le spalle, dovevo confidare nel fatto che lo stesse facendo anche adesso, mentre non potevo voltarmi.

"Va bene. Se vuoi giocare a guardie e ladri, starò al gioco." Emma sembrava quasi annoiata.

La maschera era calda, soffocante. Faticavo a respirare dal naso, facendo tutto il possibile per tenere la bocca chiusa. Era difficile. Volevo dirle di stare zitta. Di scuoterla e chiederle se sapesse in cosa si fosse immischiata e perché.

Quale persona sana di mente lascerebbe tutto per andare a vivere con gli NoTech? Il loro rifugio era una topaia senz'acqua corrente o riscaldamento. Erano spartani, vivevano con ciò che la terra offriva, e dipendevano gli uni dagli altri per sopravvivere.

Avrebbe anche potuto essere una buona idea, se non fossero state persone dal passato sinistro.

Dovevo ancora capire cosa volessero e perché avessero occupato il Blue Sky Resort. Non potevo chiederlo a Emma. Avrebbe notato che non ero Jayden.

La presi per i gomiti e la portai verso la folla di rumore e confusione. Per lo più, erano pianti e suppliche sommesse, qualcuno pregava, altri parlavano tra di loro.

Gli aguzzini non avevano preteso il silenzio. Bene, quindi non temevano un ammutinamento o che gli ostaggi si alleassero per spodestarli.

Se i sorveglianti erano tutti NoTech, non erano di certo molto svegli. Alcuni avevano un addestramento militare, ma non tutti. Molti di quelli che avevano prestato servizio militare erano stati congedati con disonore. Questa non era gente con onore.

Condussi Emma in fondo alla sala e scrutai da persona a persona finché il mio sguardo non cadde su Ariella.

Si dondolava lentamente, le ginocchia strette contro il petto, le braccia avvolte attorno alle gambe. Alla sua destra, c'era un ostaggio con una felpa larga e il cappuccio tirato su.

Avrei riconosciuto quella felpa ovunque. Apparteneva a Mason Reid. Nascosta là sotto ci doveva essere Hazel, una mossa probabilmente saggia.

Scrutai rapidamente gli ostaggi. Alcuni erano gente del posto, i proprietari del resort, e diversi clienti che non conoscevo. Dovevano aspettare. Hazel era la mia priorità e poi Ariella. Non volevo lasciarla lì.

"Lasciami!" Emma si allontanò da me, tirò su col naso, e cadde a terra accanto ad Ariella. Sapeva come fare la parte della vittima. Da quanto tempo si esercitava per quel ruolo?

"Ti sei fatta male?" sussurrò Ariella, ignara che stesse fingendo.

Non sopportavo di vedere Ariella impaurita, tremante contro il muro, ma dovevo rendermi convincente se volevo far credere a tutti che ero uno degli aguzzini.

Non avevo altra scelta. Sollevai il calcio della pistola e gliela puntai alla fronte. "Silenzio!" Ringhiai.

Un brivido le percorse la schiena. Tutti potevano vedere la paura che le avevo provocato. No. Dovevo separare le due. Ero qui solo per salvare lei. Queste persone l'avevano traumatizzata. "Ragazza in gamba," dissi facendo del mio meglio per ridere.

Dovevo essere convincente, o avrei messo tutte le nostre vite in pericolo. Abbassai la pistola e mi abbassai per prenderle il braccio. "Tu vieni con me." Tirai Ariella su in piedi.

"No!"

Era combattiva, glielo riconobbi. "Non permetterti di dirmi di no," sbraitai. Non avevo altra scelta che costringerla a seguirmi, mostrarmi autoritario. Queste persone non accettavano un "no" tanto facilmente.

Le afferrai una ciocca di capelli e la strattonai per farmi guardare.

La fissai negli occhi, pieni di spavento. Riusciva a vedermi? Riconosceva i miei occhi attraverso il passamontagna?

Volevo dirle di fidarsi, ma non potevo. La sua paura era ciò che rendeva il tutto credibile agli occhi degli altri.

Non potevo arrischiarmi nel lottare con Ariella. Dovevo chiedere a Hazel di venire anche lei con me. Era l'unico modo di salvarle. Speravo che Ariella avrebbe mi avrebbe capito e perdonato una volta visto che c'ero io dietro la maschera.

La issai in spalla e afferrai il braccio di Hazel, tirandola su in piedi. "Lasciami andare!" Strillò Ariella.

Era forzuta per essere così esile, i suoi pugni battevano imperterriti sulla schiena. In verità, non faceva male. Il giubbotto attutiva piuttosto bene i colpi.

Aveva già scoperto chi c'era sotto la maschera?

Dovevo apparire convincente. Dovevo passare davanti agli altri uomini armati. "Stai zitta, o ficco una pallottola nella testa di entrambe!"

Hazel non si ribellava. Il suo corpo pareva inerme, ma assicurai la presa al suo braccio così che non scivolasse via.

Tornammo indietro, passando oltre gli ostaggi, inclusi due uomini in completo alla mia destra, le gambe divaricate, seduti per terra. I nostri sguardi si incrociarono. Franco Ivanov.

Trascinai le ragazze oltre la gente in preda alla disperazione.

"Dove le stai portando?" chiese un'altra voce maschile. Era a pochi metri da noi, mascherato e armato.

"Mettimi giù," Grugnì Ariella. Continuava a colpirmi la schiena, ma adesso i colpi erano più deboli. Era per stare al gioco, o si sentiva sconfitta?

"A divertirci un po'. Voglio darle una lezione per averci disubbidito." Sentii la bile salirmi in gola. Volevo vomitare.

L'uomo mascherato fece una risatina e girò i tacchi, poco interessato a quali fossero le mie intenzioni.

Le portai in fondo alla sala, girai l'angolo, e misi Hazel tra le braccia di Mason.

Mason fece segno col dito di stare in silenzio. Afferrò la mano di Hazel e la portò in fondo al corridoio, nella direzione da cui eravamo venuti.

"Non te la darò vinta!" Ariella continuava a opporsi. Con la testa girata, non aveva visto Mason aiutare Hazel. "Scappa!" urlò a Hazel.

Continuai a seguire Mason e Hazel mentre si dirigevano all'entrata da dove eravamo arrivati.

Volevo dire ad Ariella che ero io, ma non potevo rischiare che qualcuno ci scoprisse. Se qualche uomo mascherato ci avesse raggiunto, o peggio, Jayden fosse riuscito a liberarsi?

CAPITOLO SEDICI

ARIELLA

Mi dimenavo sulle sue spalle, e anche se l'uomo mascherato teneva il braccio attorno ai miei fianchi, non smisi di agitarmi. Presto si sarebbe stancato o sarebbe stato costretto a mettermi giù e io avrei avuto l'occasione di affrontarlo. Eravamo solo io e lui.

Allentò un poco la presa, e usai tutte le mie forze per girarmi e colpirlo, facendo cadere entrambi a terra.

Lui grugnì, "Dannazione, Lentiggini."

Non poteva essere. "Jaxson?" sussurrai.

Forse avrei dovuto correre, era la mia occasione, ma avrei riconosciuto ovunque quella voce dire il mio nome.

Si guardò dietro le spalle e si alzò, si spolverò i pantaloni, e mi offrì la mano.

Quei penetranti occhi blu mi avevano rubato il cuore. Gli strinsi la mano, e uscimmo dall'edificio.

La SWAT ci aspettava fuori dall'edificio, puntandoci le pistole.

Alzai le braccia.

Jaxson fece lo stesso. Il fucile gli sporgeva dalla spalla. Cadde in ginocchio, la maschera ancora addosso mentre la SWAT lo circondava. "Non sparate!" urlai agli agenti. "È della Eagle Tactical." Pensai che l'avessero mandato come parte dell'operazione.

"Un motivo in più per arrestarlo," disse un uomo con il giubbotto della SWAT.

Era sbucato da dietro i posti di controllo al centro del parcheggio. Doveva essere il comandante dell'operazione.

"Jaxson? Che diavolo sta succedendo?" ---

Gli agenti della SWAT mi tastarono per assicurarmi che non avessi armi addosso prima di portarmi via da Jaxson.

"Voglio vedere Jaxson." Perché ci tenevano separati? "Mi ha salvato la vita." Insistetti per fargli capire che era venuto in mio soccorso.

Era perché era vestito come uno di loro che dovevano prima fargli qualche domanda?

Aveva infranto le regole venendo a salvare Hazel e me? Dov'era Hazel? Venni presa dalla preoccupazione mentre sedevo su una sedia pieghevole in metallo, con una coperta attorno alle spalle.

"Rilassati," disse Mason, sedendosi accanto a me. Mi passò una bottiglia d'acqua. "Jaxson ha detto che potresti averne bisogno."

"Grazie."

Hazel era dietro di lui. Era bassa in confronto, e non mi ero neppure accorta di quanto facilmente fosse sparita. Lui era il suo protettore. C'era anche lui dentro il resort? Non l'avevo visto, ma questo non significava nulla. La Eagle Tactical agiva da squadra.

Dubitavo che Jaxson fosse entrato da solo.

"Dov'è?" domandai. Aprii la bottiglia d'acqua e feci un sorso. Usai due mani per tenere la bottiglia, sforzandomi di trattenere il tremore alle mani. La coperta aiutava, anche se non avevo freddo. Più che altro, ero esausta. "Lo stanno interrogando, ci saranno conseguenze per quello che ha fatto," disse Mason. Mise il braccio attorno a Hazel, stringendola a sé.

"Non capisco. È nei guai?"

Mason sogghignò, rilassato. "Non più del solito. Devo portare Hazel in un posto sicuro. Ha detto che Franco era dentro il resort. Non posso rischiare di farci trovare qui da lui."

"Sì, va bene." Non poteva stare più nell'albergo. Non osai chiedere dove l'avrebbe portata. Non ero sicura di volerlo sapere. Era meglio tenerlo segreto a tutti.

Poggiò una mano sulla mia spalla. "Sicura di stare bene? Se ti portassi con noi, Jaxson darebbe di matto. Sta mantenendo la calma a fatica," disse Mason.

Feci un sorso d'acqua e mi asciugai le labbra. "Sto bene. Non credo che voglia vedermi. Mi ha cacciato da casa sua. Sono l'ultima persona con cui vuole avere a che fare. Volevo starmene all'albergo per lasciarlo solo." "Parlagli," disse Mason. Mi diede una pacca sulla schiena e condusse Hazel fuori dalla tenda.

Volevo andarmene. Non volevo rimanere con quella coperta che pungeva arrotolata sulla schiena, bevendo acqua tiepida. Volevo andare a casa, farmi un bagno caldo, e lasciare che i miei pensieri svanissero.

———

Jaxson irruppe nella tenda, le sue spalle ebbero un sussulto quando mi vide. "Stai bene?" Torreggiava su di me mentre sedevo sulla fredda sedia di metallo. Mi strinsi nella coperta, cercando di scacciare il freddo. Tremavo, ma era più per la sua vicinanza che il freddo nell'aria.

Non risposi, mi limitai a fissarlo. Gli importava davvero di come stavo, o era solo il suo dovere di protettore a parlare?

Stamattina non gli importava nulla di me o dei miei sentimenti. Cos'era cambiato adesso?

"Alla grande," dissi sfoderano il miglior sorriso che riuscii a fare.

Si chinò verso di me. Le ginocchia piegate mentre si metteva all'altezza del mio viso. "Sei arrabbiata con me."

"Cosa ti dà quest'impressione?"

Chiusi gli occhi ed espirai rumorosamente prima di riaprirli.

Non si mosse e continuò a fissarmi. "Che ne dici se ti do un passaggio a casa? Possiamo andarcene."

Diceva sul serio? Mi aveva praticamente detto di trovarmi un altro posto in cui stare solo qualche ora prima.

Se n'era dimenticato, o si sentiva soltanto in colpa che ero stata presa in ostaggio?

"Non dispiacerti per me." Gli spinsi delicatamente il petto per allontanarlo mentre mi alzavo in piedi. "Me la caverò. Troverò qualche altro posto dove stare."

Non sapevo quale altro alloggio avrei trovato, ma mi sarei inventata qualcosa.

Magari avrei potuto stare da Emma se aveva una stanza in più, o almeno un divano per dormire.

Se no, forse qualcun altro della Eagle Tactical poteva suggerirmi qualche posto in cui andare a stare. Non ero così stupida da stare in stanza con uno di loro. Jaxson gli avrebbe probabilmente reso la vita un inferno. "Non sono dispiaciuto per te," disse alzandosi in piedi. Sospirò rumorosamente e mi prese a braccetto. "Ti porto a casa."

"Jaxson, ho la mia macchina. Posso andare a casa da sola." Non ero sicura di dove sarei andata. Casa non esisteva per me, non più.

"No." Risposta monosillabica.

Non mi dava ascolto. Jaxson mi condusse fuori dalla tenda verso il suo pick-up. Sbloccò la portiera e mi aiuto a salire. Avevo tenuto la coperta, mettendola sulle gambe mentre salivo sul sedile del passeggero. "Non serve che tu lo faccia. Posso guidare anch'io."

Aspettò che mettesso la cintura prima di chiudere la portiera e dirigersi dall'altro lato. Jaxson saltò su, accese il motore, e allacciò la cintura di sicurezza. "Ti porto a casa." La sua voce era risoluta, autorevole.

Era abituato a dare ordini? L'aveva fatto in ufficio nei giorni scorsi e quasi sempre con me.

Mi tornarono in mente le parole di Mason che Jaxson era frustrato sessualmente, ma per me non aveva senso. Avevamo fatto sesso di recente, ed ero abbastanza sicura che non fosse uno va in giro a divertirsi. Aveva una figlia, e mi è stato chiaro sin da subito che lei venisse per prima.

Non risposi, mi limitai a guardare fuori dal finestrino mentre usciva dal parcheggio e dalla strada principale verso il passo di montagna.

"Lo capisco. Sei arrabbiata con me," disse Jaxson. La radio era spenta e il riscaldamento era al massimo.

Mi voltai dal finestrino verso Jaxson e incrociai le braccia al petto.

"Mi dispiace se prima ho esagerato là dentro, ma non voglio che ti accada nulla di male, Lentiggini."

"Non ti permettere!" lo avvisai. Non poteva chiamarmi con quel nome. Non più.

Ci avviamo sulla montagna, Jaxson scalò la marcia. Le ruote girarono a vuoto per un attimo ma subito dopo presero ad andare.

Le sue mani erano serrate attorno al volante. La strada non sembrava così insidiosa, ma più salivamo di quota più la neve iniziava a cadere. All'inizio, i fiocchi erano spessi e leggeri e la strada appena impolverata, ma divenne sempre più infangata col passare dei minuti.

"Non volevo farti male," disse. "Dovevo dare l'impressione di essere uno di loro."

Mi sistemai sul sedile e mi girai per guardarlo. "Pensi che sia arrabbiata per quello che è successo al resort?" Aveva fatto quello che c'era da fare per tirare fuori da lì me e Hazel.

Mi lanciò un'occhiata prima di riportare la sua attenzione al terreno coperto di neve. "Ah no?"

Risi sommessamente. "Caspita, sei davvero ingenuo." Erano così ingenui tutti gli uomini?

"Wow, grazie," mormorò lui. Borbottò qualcosa di incomprensibile tra sé e sé.

Lo squadrai. "Cosa hai detto?" gli chiesi, sfidandolo a ripeterlo ad alta voce.

"Ho detto, 'le donne sono tutte uguali.'"

"A chi mi stai paragonando, a Emma?" Strattonai la coperta, stringendola coi pungi e graffiando la lana ruvida. "Non ti azzardare a pensare che sia lo stesso tipo di donna di quella che ha abbandonato tua figlia e non ha voluto avere niente a che fare con lei e con te."

Feci una smorfia dopo aver pronunciato quelle parole. Non era davvero quello che pensavo di Emma ma con quello che avevo fatto, il fatto che lei non lo avesse mai menzionato, ma Jaxson me l'aveva detto, si era insidiato nella mia mente.

Perché lei era qui? Voleva competere per il suo affetto e le sue attenzioni?

Non li avevo visti insieme a parte quella sera al bar, ma forse c'era qualcosa che non sapevo. Non ero stata a Breckenridge per molto. Mi aveva nascosto dei segreti?

Con una mano, si strofinò la fronte, mentre l'altra rimaneva piantata sul volante. "Mi dispiace."

"Per cosa?" Non volevo le sue scuse se non le pensava davvero o se non sapeva per cosa fossero.

Temporeggiò, senza rispondermi subito.

"Ecco, te la faccio semplice. Sei stato uno stronzo con me, il più grande capo stronzo che conosca. Dimmi se ho torto," dissi, fissandolo. Manteneva l'attenzione sulla strada e di tanto in tanto lanciava un'occhiata verso di me, ma adesso non mi guardava. Si agitava sotto il mio sguardo, chiaramente a disagio per quello che avevo detto.

Aveva voluto la verità. Se l'era meritata.

La sua mascella era serrata, i denti stretti. Tolse la mano sinistra dal volante mentre entrava nella via privata verso la sua residenza.

"Già, era ciò che pensavo. Non preoccuparti. Mi toglierò di mezzo una volta trovato un posto in cui vivere. Volevo rimanere al resort, ma ha appena cambiato gestione."

Sbuffò. "Pensi di essere divertente, uscendotene con una battuta del genere? Avresti potuto morire oggi."

"Be', non è successo. Sono sicura che sei contrariato dal fatto che sia ancora qui, stabilendomi a sbafo in casa tua."

Non avrei voluto esagerare, ma le parole mi scivolarono di bocca. Non mi voleva davvero morta, giusto? Mi odiava soltanto. Qual era la differenza? Mi massaggiai la fronte sentendo un'imminente mal di testa.

Forse avrei dovuto prendere la coperta, rubare un cuscino e andare a dormire nel maledetto capanno, l'unica proprietà che possedevo con un tetto.

Be', era quello o la mia macchina, ma il veicolo era ancora al resort, il che rendeva complicato dormirci dentro. Quello era il piano. Avrei vissuto facilmente nella mia macchina. Dovevo solo tornare al resort. Sarebbe stato comunque meglio delle occhiatacce che mi stava lanciando Jaxson. Spense il motore ed emise un profondo sospiro. Percepivo la tensione, la rabbia, lo stress aleggiare nel pickup. Non volevo starmene seduta e aspettare che inveisse contro di me di nuovo.

Sbloccai la portiera, la aprii con una spinta, e slacciai la cintura. Ruotai le gambe di lato per saltare giù quando mi incastrai nella coperta.

Cercando di liberarmi, non notai che Jaxson aveva fatto il giro del pickup in fretta.

Il suo corpo bloccò il mio, le mie gambe strette, con lui praticamente a cavalcioni su di me. Le sue mani erano appoggiate ai miei fianchi contro gli interni in pelle del pickup come per impedirmi di scappare.

"Dobbiamo parlare."

"Non c'è niente di cui parlare," dissi premendo le mani sul suo petto per allontanarlo, ma era troppo forte.

Sollevò le mani, stringendo le mie contro il suo petto, chinandosi verso di me.

"Non credo che tu dica davvero," disse Jaxson.

Non volevo guardarlo, non volevo dargli un altro secondo del mio tempo o della mia attenzione. "Sì invece," dissi.

"Non voglio che ti accada nulla di male, Lentiggini." Mi prese il mento con la mano e mi sollevò il viso verso il suo sguardo. "Sono stato un idiota, ma è perché non so come farlo," disse indicando noi due.

"Fare cosa?"

"Essere professionale." Appoggiò la fronte alla mia.

Chiusi gli occhi. Sentivo l'odore del suo sudore sulla pelle misto a quel profumo speciale che lo rendeva unicamente Jaxson.

Le sue dita si appoggiarono alla mia nuca, avvicinando le mie labbra alle sue. Mi tenne in quella posizione, senza baciarmi, solo assaporando il mio respiro, rubandomi la rabbia e il dolore mentre sentivo il desiderio impossessarsi di noi.

Lo volevo, ma non volevo farmi spezzare il cuore. Non di nuovo. Non mi serviva a nulla frantumato in mille pezzi.

"Questo non è professionale," sussurrai. Aprii le palpebre in uno sguardo profondo. Ogni respiro diventava sempre più annaspante e intenso. Volevo lui più di qualunque cosa avessi mai voluto nella vita.

Il peggio era che sapevo cosa mi fossi persa. Avevo assaggiato il frutto proibito, e ne volevo di più.

"Al diavolo l'essere professionali." Le sue labbra toccarono le mie, con forza e desiderio.

Lo strinsi forte e lo tirai verso di me, con le dita gli scompigliavo i capelli mentre lo assaporavo con le labbra. Lo volevo, ne avevo bisogno, agognavo quello che solo lui poteva offrirmi.

"Mi dispiace," sussurrò, infrangendo il bacio, le sue labbra, morbide e calde, mi accarezzavano il collo, succhiando la carne sensibile.

Gemetti. Sapeva esattamente cosa fare per farmi girare la testa. Per fortuna, ero già seduta. Piegai la testa, con le dita portai le sue labbra di nuovo alle mie, le nostre lingue duellavano per prevalere, il suo corpo premuto contro il mio. Lo volevo ma avevo paura a dirlo, specie dopo quello che era successo.

Indietreggiò leggermente, e le sue labbra tracciarono un caldo, morbido sentiero al mio orecchio. "Devo dirti una cosa," sussurrò.

"Non voglio parlare," dissi, portando la sua bocca di nuovo sulla mia. Parlare è ciò che ci ha messo nei guai. Che ci ha fatto litigare. Questo invece era bello, anzi, fantastico, e mi faceva girare la testa in maniera meravigliosa.

Ogni paura che occupava la mia mente era svanita con le sue labbra sulle mie.

"Ti avevo lasciato un biglietto la notte che sono andato a casa," Sussurrò, riempiendomi il collo di baci morbidi ancora una volta.

Mi irrigidii, gli occhi spalancati, tolti a quel momento d'estasi, e ripiombati come un elastico nella realtà di quello che era successo.

"Cosa?" Mi tirai indietro e misi una mano davanti per fermarlo. Dovevo sentire cosa aveva da dire, cos'era così importante da interrompere quel momento.

"Non volevo svegliarti quando me ne sono andato, quindi ho scritto un biglietto e l'ho attaccato al tuo nuovo frigorifero. Immagino che tu non l'abbia visto." Gli brillavano gli occhi, e io fissai in quel profondo oceano blu, riuscivo a vedere che diceva la verità.

Jaxson non era il tipo di uomo che mentirebbe per salvarsi.

Non avevo la più pallida idea che mi avesse lasciato un biglietto. Ero così infastidita dal fatto che se ne fosse andato senza nemmeno un messaggio che mi ero arrabbiata con me stessa per essermi fidata nuovamente di qualcuno.

"Non lo sapevo," sussurrai, fissandolo. Chiusi gli occhi e appoggiai la fronte alla sua.

Tremavo, fino ad allora non avevo freddo, ma le porte del pickup erano rimaste aperte per un bel po', e tutto il calore all'interno era uscito.

"Ti porto dentro dove fa più caldo," disse Jaxson.

Non mi opposi, tesi la mano così che potesse aiutarmi a scendere dal pickup.

Sentivo gli stivali sprofondare nella neve fresca mentre lo seguivo in silenzio verso l'entrata di casa.

Disattivò l'allarme entrando in casa, e sebbene volessi continuare la nostra festicciola, Skylar corse a salutarci.

"State bene? Ho sentito al telegiornale la faccenda degli ostaggi. Voi sapete che cosa volevano? Eravate lì? Ho sentito che la Eagle Tactical è stata chiamata in causa." Skylar continuava a blaterare.

Non mi andava di starla a sentire. Lanciai un'occhiata a Jaxson e indicai le scale. "Vado a farmi una doccia." Volevo liberarmi dello sporco che avevo addosso.

Volevo che lui venisse con me. Sperai che riuscisse ad allontanarsi da Skylar e che mi raggiungesse in bagno. Al contrario dell'ultima volta, dove era venuto a salvarmi mentre l'acqua fredda mi scorreva addosso, questa volta, volevo che fosse diverso.

Uno sguardo era tutto quello che potevo fare per comunicargli il mio desiderio. Dovevo dosare le parole con Skylar nella stanza e Izzie nei paraggi.

Non sapevo dove fosse e non volevo che ripetesse qualche parola sconcia uscita dalla mia bocca. Mi diressi alle scale e lanciai un'occhiata dietro le spalle, sfoggiando il miglior sguardo provocante che mi riuscì, e indicai con un cenno del capo di salire.

Non ero abituata a comportarmi in modo sexy. Avrebbe colto l'indizio?

CAPITOLO DICIASSETTE

JAXSON

Ariella mi aveva davvero lanciato un'occhiata allusiva perché la raggiungessi sotto la doccia?

O avevo frainteso il suo sguardo perché volevo che mi desiderasse quanto io desiderassi lei?

Skylar continuò con domanda dopo domanda sulla situazione degli ostaggi. Se qualcuno fosse ferito, cosa volessero, perché avessero preso gli ostaggi, se ci fossero state richieste, la lista andava avanti.

Non mi ero fermato per scoprire perché gli uomini armati avessero preso degli ostaggi. Era ovvio che stavano cercando qualcosa.

La mia supposizione erano soldi, ma non sarebbero di certo riusciti ad ottenere un mucchio di soldi da quest'impresa. La SWAT si stava occupando di salvare il resto degli ostaggi.

Mi era stato detto di andare a casa e che i nostri servizi non erano più richiesti dopo la bravata che avevo fatto per salvare Ariella e Hazel.

Non era un bene per la nostra compagnia, ma lo sceriffo locale non sembrava preoccupato, al contrario di chi era a capo del caso. Non avevamo cercato di pestare i piedi o insultare i pezzi grossi coi distintivi, ma avevamo fatto ciò che era necessario per salvare i nostri, e gli dissi che lo avrei fatto di nuovo.

Fu quello che mi mise nei guai. Non mi recriminavo nulla, almeno non di come erano andate le cose.

Il mio unico rimorso era aver ferito Ariella.

Sarebbe stata ancora più arrabbiata con me se non l'avessi seguita nella doccia, supponendo che fossero quelle le sue intenzioni.

Magari voleva che mi intrufolassi di sopra per finire quello che avevamo iniziato? O magari ero completamente fuori strada, e mi avrebbe sgridato appena mi fossi presentato a sorpresa nella doccia.

Già, bell'esempio di molestia sessuale sul posto di lavoro. Sarebbe stato da manuale, ma parliamoci chiaro, lei abitava con me, il suo capo.

Era ovvio che avremmo superato più limiti del normale.

Volevo superare quel limite con lei, quello che ci obbligava a rimanere amici e colleghi. Ero stanco di essere solo il suo capo.

Se le avessi dato il mio consenso, che male avrebbe fatto finire di nuovo a letto?

Skylar continuava a parlare di quanto fosse preoccupata, di quanto ogni emittente locale avesse trasmesso la crisi in televisione, che non voleva che Izzie lo vedesse ma che sentiva lei stessa la necessità di guardare.

Mi ritrovai ad annuire, a darle ragione, facendo finta di ascoltare, solo per finire la conversazione una volta per tutte.

Mi stavo comportando da stronzo, lo sapevo, ma io e Skylar non andavano d'accordo. Era così da anni ormai, da quando papà morì. Lei incolpava me. Io incolpavo me stesso. Era una situazione fantastica, davvero.

"Lo senti questo odore?" chiesi e mi annusai la maglietta. "Devo farmi una doccia e darmi una ripulita. Puzzo e sono sicuro che nessuno vorrà sentire l'odore del mio corpo."

Qualsiasi cosa pur di fare in modo che mi lasciasse da solo per venti minuti., magari un'ora.

"Dobbiamo parlare Jaxson, quando avrai finito." Skylar incrociò le braccia al petto.

Mi tolsi le scarpe e mi diressi verso le scale. "Dillo e basta." Skylar non girava intorno alle cose. Era diretta, a volte anche troppo. Da quando aveva bisogno del mio permesso?

"Rimarrò a Breckenridge stabilmente. Sono stata assunta in una caffetteria in città." disse Skylar.

"Bene," borbottai, salendo le scale.

"Pensavo saresti stato felice di avermi intorno più spesso." commentò Skylar.

"Ho detto grandioso!" le gridai, mentre mi affrettavo al piano di sopra. La luce del bagno degli ospiti era spenta e la porta aperta.

Furba.

Si era infilata nel mio bagno privato. Entrai in camera mia e vidi che la luce del bagno era accesa e la porta semiaperta.

Mi tolsi i vestiti, buttai per terra la camicia, i pantaloni, i boxer e infine le calze.

Aprì la porta del bagno nudo, sperando di non aver mal interpretato il suo segnale.

Lo voleva?

Mi voleva?

Aprii la tenda ed entrai nella doccia con lei. Al contrario dell'ultima volta, quando la trovai rannicchiata per terra, stavolta, era esattamente come l'avrei immaginata, in piedi sotto il getto grondante d'acqua.

Entrai nella doccia bollente e la strinsi a me. Le mie labbra si scontrarono con le sue. Avevo bisogno di sentirla intorno a me.

Frenetico, alzai una delle sue gambe e mi guidai verso il suo calore, entrando dentro di lei.

Ariella gemette mentre entravo in lei. Le sue unghie afferrarono la mia schiena, graffiando, segnandomi.

Gettò la testa all'indietro, rossa in viso. Era arrossita dal desiderio o dal calore della doccia?

Il vapore ci circondava.

Pregai che il rumore dell'acqua che si riversava dalla doccia, nascondesse i suoni che stavamo facendo alle eventuali orecchie in ascolto.

"Più forte," grugnì al mio orecchio, i suoi denti tiravano il lobo.

Ruggii e cerca di concentrarmi sul soddisfarla e non rovinare questo momento incredibile.

Sollevai i suoi fianchi, le sue gambe avvolte a me mentre la appoggiavo al muro della doccia.

Rabbrividì, la schiena contro la parete.

"Dio, è freddo." mormorò e mi strinse forte a sè, facendomi entrare più in profondità.

Richiamai ogni briciolo di autocontrollo che avevo per non deluderla. "Non succederà di nuovo."

"Io spero di sì."

Il suo respiro mi solleticò il collo e catturai nuovamente le sue labbra.

Cercai di andare piano, ritardare il momento inevitabile, ma il pensiero di perderla mi aveva distrutto dentro. Avevo disobbedito ad ogni protocollo oggi. Ma niente di quello contava, solo che eravamo lì in quel momento, insieme.

Aumentai il ritmo, sentendola ancora più profondamente, avevo bisogno di diventare un tutt'uno con lei.

La sua intimità si strinse e la sentì tremare contro di me.

Era tutto l'incoraggiamento di cui avevo bisogno. Tutta la mia furia si scatenò e io grugnì, aggrappandomi al suo corpo, assaporando ogni dettaglio di questo momento, dal suo profumo dolce e sexy ai suoni delicati che emise mentre raggiungevamo l'apice insieme.

Non volevo dimenticare niente di tutto questo, mai.

Spensi l'acqua e la portai in braccio fino al mio letto, mettendola supina e stendendomi su di lei, guardandola.

"Sei solo mia, Lentiggini." Volevo rivendicarla e marchiarla come mia per sempre. Anche se sapevo che era viva e che stava bene, al sicuro tra le mie braccia, dovevo continuare a ripetermi che era qui con me e che era tutto reale.

Il suo pollice accarezzò la mia mascella e mi abbassai, sfiorando le sue labbra con le mie, travolgendola in un bacio appassionato. Non mi ero mai sentito così impotente come oggi, quando avevo sentito del sequestro degli ostaggi e sapendo che lei era lì dentro perché ce l'avevo mandata io.

Il senso di colpa mi pesava dentro.

Mi allontanai, puntellandomi sui gomiti così da poterla guardare mentre mi sistemavo sopra i suoi fianchi, premendola contro il materasso e coprendola col mio corpo per farle da scudo contro il mondo esterno, proteggendola.

Lei prese il suo labbro inferiore tra i denti. "Che succede?" mormorai, rifiutandomi di distogliere lo sguardo.

Aveva tutta la mia attenzione. Passai il pollice sul suo labbro, la sua mandibola si rilassò e lasciò andare la presa sulla pelle sensibile. Avevo una vaga idea di quello che stava facendo.

"Tu sei il mio capo." Mi guardava, immobile. Con una mano mi accarezzò l'accenno di barba sulla mascella mentre l'altra si posò sulla mia schiena. "Fino a pochi giorni fa eri categorico che il sesso fosse fuori questione, che non avremmo potuto fare questo e lavorare insieme."

Rotolai sul fianco per poi stendermi sulla schiena, guardando il soffitto con un sospiro. "Non posso lavorare con te e fare finta che tu non conti niente per me."

Ariella si mise sul fianco, tirando le coperte su fino alla vita. Si morse nuovamente il labbro.

Mi avvicinai, avevo bisogno di sentire ancora il suo sapore, volevo che lei sapesse che non mi pentivo di ciò che avevamo fatto. Non potevo tornare a fingere che non fossimo niente più che amici.

Averla in ufficio mi stava facendo impazzire. Avrei voluto piegarla sulla scrivania.

Questo bacio era più morbido, spinto dal sentimento e dall'anelito, non solo bramosia e desiderio represso.

"Questo cosa significa?" chiese Ariella. "Preferirei perdere il lavoro piuttosto che perdere te."

La mia presa su di lei si fece più stretta. I ragazzi mi avrebbero indubbiamente ucciso, ma non le avrei fatto lasciare il lavoro o me, ed essere professionale era dannatamente troppo difficile.

"Non lascerai la squadra. Sei una di noi adesso." Aveva dato prova di sé, soprattutto oggi proteggendo Hazel e lasciandola fuori dalle mani di chi la voleva morta.

"Cosa stai suggerendo?" chiese, guardandomi. Le sue dita tamburellarono sul mio petto.

Alzai le coperte su di noi, ricoprendola del mio calore e quello delle coperte. La baciai sulla guancia, sul naso, sulle palpebre, stuzzicandola. Non avevo grandi idee. Nonostante volessi urlare a tutto il mondo che lei era mia, avevo l'impressione che sarebbe stato un po' troppo per lei. Non volevo allontanarla.

"Ci andiamo piano, lasciamo che quello che succede rimanga tra di noi." dissi. Non erano affari di nessun altro.

"Pensi davvero di riuscire a tenerlo segreto?"

Avevo mantenuto parecchi segreti. Faceva parte del lavoro. Sapevo che Ariella ce l'avrebbe fatta perché anche a lei era stato richiesto lo stesso con la C.I.A. "Sì. Perché? Hai dei dubbi?"

I suoi occhi brillarono allegri, e ridacchiò mentre mise i suoi fianchi contro i miei. La sua mano scivolò sotto le lenzuola, risvegliandomi, facendomi sentire di nuovo vivo. "Oh, io posso farcela, però non so se il burbero capo-stronzo riuscirà ad uscirne vivo." scherzò Ariella.

Sogghignai. "E' una sfida, lentiggini?" Mi faceva sentire come se fossi ancora adolescente, il mio corpo reattivo ad ogni suo tocco.

Ero sotto il suo controllo, alla sua mercé.

———

Dopo essere stati in piedi tutta la notte soddisfacendoci l'un l'altra, arrivò l'alba. Ariella si era appena addormentata e io dovevo alzarmi per andare a lavorare.

Non ebbi il cuore di svegliarla. La baciai ma pensai che sarebbe stato meglio lasciare un biglietto. L'ultima volta era andato tutto per il verso sbagliato per noi, e anche se non pensavo che la mia casa fosse sul punti di andare a fuoco, non volevo tentare la sorte con un'altra catastrofe.

La baciai piano sulla guancia.

Si stiracchiò, allungando il braccio per cercarmi sul materasso. Io ero in piedi, vestito e pronto per andare.

"Dormi pure. Passerò a prenderti col pranzo e ti porterò in ufficio intorno a mezzogiorno. Solo per oggi, puoi entrare tardi, ordini del capo."

Lei aprì piano gli occhi. "Sei sicuro? Non voglio un trattamento di favore."

"Davvero?" La guardai con un ghigno e mi avvicinai, baciandola ancora. "Non era quello che dicevi stanotte."

I suoi occhi si chiusero pigramente, ma il sorriso non abbandono mai le sue labbra. Gemette piano. "Già, hai ragione. Solo, non dirlo ai ragazzi, ricordi?"

"Hai la mia parola."

Avrei mantenuto il nostro piccolo segreto, almeno finché non fossi stato certo che i ragazzi non avrebbero dato del filo da torcere ad Ariella.

Potevo gestire i ragazzi se avessero infastidito me. Ciò che non volevo era che mi facessero pressione per chiudere la relazione o per allontanarla dal lavoro.

Le diedi un ultimo bacio sulla fronte prima di uscire piano dalla stanza e chiudere la porta. Scesi in cucina, avevo bisogno di una buona tazza di caffè per tenermi sveglio.

"Giorno."disse Skylar. Era seduta al tavolo della cucina, leggendo il giornale.

Attraversai la cucina, presi una tazza e mi versai una tazza di caffè fumante. Sentivo già l'aroma piacevole e non vedevo l'ora di assaporarlo.

Avevo bisogno della prima tazza per svegliarmi. L'ultima cosa che volevo era andare fuori strada mentre guidavo verso il lavoro.

Izzie aveva dormito fino a tardi, il che era strano ma non inusuale quando aveva una delle sue brutte giornate.

Non avevo passato molto tempo con mia figlia ultimamente, e avrei passato più tempo con Skylar se si fosse trasferita a Breckenridge.

"State insieme ora?" chiese Skylar. "Vi ho sentiti fare cigolare il letto tutta la notte. Ho dovuto mettere le cuffie per attutire il rumore."

Portai la tazza alle labbra e presi un lungo sorso di caffè.

Cercai di nascondere il sorrisetto che avevo stampato in faccia. Forse se ne sarebbe andata da casa mia se l'avessimo tenuta sveglia con del chiassoso, sgradevole sesso.

"Cosa?" chiesi, facendo finta di non averla sentita. Mi tolsi il sorriso e appoggiai la tazza sul bancone.

"Voi due ve la siete spassata tutta la notte." affermò Skylar. Non era una domanda.

"Papà!" squillò Izzie, saltando gli ultimi gradini. I suoi capelli erano un cespuglio di nodi e indossava ancora il pigiama, ma era la cosa più carina che avessi mai visto.

"Buongiorno, piccolina." La presi in braccio e la feci girare, dandole baci e abbracci. Mi era mancata tantissimo e avevo avuto bisogno di Skylar più di quanto volessi ammettere.

"Spassarmimela, papà. Voglio spassarmimela."

La faccia di Skylar si fece paonazza, e abbassò la testa, coprendosi il viso con le mani.

"Spassarmela." dissi, correggendo Izzie. "E non è una cosa che diciamo." Era abbastanza intelligente da capire che non era una cosa carina da dire se glielo suggerivo io. Non mi serviva elaborare; dopotutto, aveva solo tre anni.

"Forza. Andiamo a vestirci." La rimisi a terra, mi prese per mano e mi tirò per farsi seguire al piano di sopra.

Seguendo Izzie nella sua camera da letto, accesi la luce mi avvicinai all'armadio. Dovevo tornare in ufficio e scoprire cos'era successo a Mason e Hazel.

Stavano bene?

Dovevo incontrare Franco ieri, ma dopo che era stato trattenuto al resort, sospettavo che si sarebbe fermato in ufficio oggi. Dovevamo abbandonarlo come cliente. Non potevamo assolutamente consegnargli Hazel, e anche se avevo fatto tutti i controlli del caso con Franco, non mi sarei aspettato di dover fronteggiare la mafia.

Avevamo affrontato dei criminali in passato, casi di violenza domestica e delinquenti, ma la mafia, questa era nuova. Volevo discutere coi ragazzi come procedere con Franco prima che lui o i suoi uomini si presentassero alla Eagle Tactical. Ci serviva un piano. Dirgli che non potevamo accettare il lavoro non sembrava abbastanza.

Aprii i cassetti dell'armadio, prendendo i vestiti per Izzie. Mentre la aiutavo ad indossarli, il telefono squillò.

Risposi e tenni il telefono tra l'orecchio e la spalla. "Hey, sarò in ufficio tra poco," dissi, riconoscendo il numero di Declan.

"Hai visto il telegiornale stamattina?"

Mi senii il cuore in gola. "No. Va tutto bene? Hai sentito Mason?" chiesi. Non avevo discusso con lui dove avesse portato Hazel, ma presumevo fosse la proprietà di suo zio in Nord Dakota. La squadra si era ritrovato lì in ritiro in diverse occasioni.

"Mason sta bene, per quanto ne so. Riguarda Ariella." disse Declan.

Vestii Izzie frettolosamente e guardai verso la camera da letto dall'altra parte del corridoio. "Di che si tratta?"

C'era un altro segreto che lei non aveva condiviso che ora mi avrebbe colpito?

Quanto potevo resistere ancora?

"Ti ricordi di Benjamin Ryan?"

"Sì, è il suo ex marito." risposi. Sapevo di lui. Il bastardo mi aveva rubato i risparmi di una vita.

"Il dipartimento ha fatto cadere le accuse contro di lui ed è stato rilasciato." disse Declan.

"A quanto pare ci sono delle prove secondo le quali lui non sarebbe coinvolto dato che la pista digitale porta ad un collegamento in un altro stato di New York. C'è un'intervista al telegiornale che chiede che cosa voglia fare adesso della sua vita."

Mandai giù il nodo che avevo alla gola. Izzie era vestita, ma i suoi indumenti non erano abbinati. Ero troppo occupato ad ascoltare Declan per accorgermi quanto stonasse.

"Ti piace tenermi sulle spine?" Feci una smorfia e le presi la mano, portandola fuori dalla stanza e giù per le scale.

"Sta tornando a riprendersi sua moglie, Ariella Ryan."

CAPITOLO DICIOTTO

Hazel

Avevo tenuto la testa bassa ed evitato lo sguardo di Franco durante il sequestro. Riuscivo ancora a sentire il suo alito fetido di quando mi aveva baciata prima di buttarmi nel retro della sua macchina.

Non avevo idea di dove io e Mason stessimo andando. Stavamo guidando da ore e mi ero addormentata per un po'. La comodità della macchina e il fatto che finalmente potessi rilassarmi furono abbastanza da farmi soccombere al sonno.

Mi stropicciai gli occhi e mi stiracchiai.

Era ancora buio fuori. Guardai l'orologio della macchina. Era appena passata mezzanotte.

"Come ti senti?" chiese Mason.

"Sono stanca, ma a parte questo sto bene." risposi. Le mie dita giocherellarono con la collana d'oro bianco, tirando la catenella e arrotolandola sull'indice.

"Ci siamo quasi. Appena arriviamo, ci preparerò qualcosa di leggero da mangiare prima di andare a letto."

"Non ho molta fame." Anche se i brontolii del mio stomaco la pensavano diversamente, non credevo sarei riuscita a mangiare granché. Gli eventi degli ultimi due giorni erano stati estenuanti e, senza sonno, l'idea del cibo non era invitante.

Guidò su una strada sterrata, sollevando polvere e sporcizia al nostro passaggio. Dove diavolo mi aveva portata? Aveva una casa sicura?

Mason non disse una parola, mantenne l'attenzione sulla strada per gli ultimi chilometri finché non parcheggiammo davanti ad una casa rustica, due piani, in una fattoria.

"Non siamo più in Montana, vero?" Non avevo visto molte montagne, ma era buio.

"Nord Dakota. Mio zio è proprietario della fattoria e degli ettari di terra qui. Ha molto spazio ma non è molto gentile con gli estranei. Sarebbe meglio se facessimo finta di essere una coppia."

Ridacchiai. Non poteva essere serio.

Spense il motore e aprì la portiera.

"Stai scherzando. Vero?" chiesi scendendo dalla macchina, seguendolo alla porta principale.

Non avevo vestiti o oggetti con me, a parte quello che indossavo. Quel che Ariella era stata così gentile da comprarmi era al resort.

La sua mano si posò in fondo alla mi schiena mentre mi accompagnava sulle scale del portico. "Sono serio. Se vogliamo stare qui, dobbiamo convincerlo che facciamo sul serio."

"Ottimo," borbottai sottovoce. Non che non provassi ancora sentimenti per Mason, al contrario.

Gli ero praticamente saltata addosso prima, e lui mi aveva rifiutato perché era preoccupato per cosa, la sua reputazione?

Spostai il peso da un piede all'altro mentre sentivo il peso della sua mano sulla schiena. Il suo tocco era fermo e possessivo e, in qualsiasi altra circostanza, avrei tranquillamente fatto finta di essere la sua ragazza. Non avevo il cuore di farlo stasera o la forza di essere qualcun altro.

La stanchezza mi travolse e barcollai sui miei piedi instabili.

Il braccio di Mason mi cinse in vita. "Whoa. Stai bene?" Mi strinse a sé.

Annui e mi stropicciai gli occhi. "Credo di non essermi svegliata del tutto."

Era una bugia.

Soffrivo quando non potevo dormire, e non avevo avuto abbastanza riposo da poter sostituire una buona notte di sonno da due giorni.

"Ti metteremo a letto presto." disse Mason.

Il suo respiro sul mio collo mandò un brivido in tutto il mio corpo. Speravo non riuscisse a sentire la mia reazione. Mi tenne tratta a sé mentre il cane dall'altro lato della porta abbaiava e passi pesanti si avvicinarono alla porta.

Ci mise un po' ma finalmente, aprì la porta di legno, il chiavistello ancora inserito.

"Mason?" L'uomo aveva trent'anni più di Mason, ma i loro occhi erano così simili, la mascella, persino il fisico. Avrebbero quasi potuto essere fratelli. "Cosa ci fai qui nel cuore della notte?"

Aprì la porta. L'estraneo mi squadrò ma ci fece entrare.

Un cane marrone e bianco mi venne incontro entusiasta, saltando e scodinzolando.

"Giù, Bear!" ordinò.

Bear doveva essere almeno trentacinque chili di muscoli, con colori bellissimi e lentiggini marroni sul muso bianco. Il suo naso era di un marrone dorato che complimentava il pelo. "E' bellissima." dissi mentre le accarezzavo la testa, e lei si appoggiò a me per altre coccole.

Mason strinse suo zio in un abbraccio. Sospirai, sentendo già la mancanza della presa e del sostegno di Mason su di me. Fu veloce con l'abbraccio prima di passare il suo braccio sui miei fianchi, attirandomi a sé.

Stava cercando di convincere suo zio che eravamo una coppia?

"A Bear piaci parecchio," disse suo zio. "Non sono molte le persone che le piacciono."

Feci fatica a crederlo visto il suo carattere, ma forse non c'erano molte persone che passavano dalla fattoria.

"Zio Jeb, questa è la mia ragazza Hazel." disse Mason. "Volevamo chiamare, ma sai com'è il segnale telefonico da queste parti."

Zio Jeb agitò la mano noncurante. "E' meglio non usare i telefoni. Sai come questi aggeggi siano sempre sotto controllo. Nessuno ha più privacy ormai."

Chiuse la porta a chiave dietro di noi. C'erano parecchi lucchetti alla porta.

"Non mi avevi detto di avere una ragazza." osservò Zio Jeb.

Mason mi strinse più forte a sé. Il calore del suo corpo investì il mio. Mi lasciai andare al suo tocco e alla sua forte stretta.

"Ci siamo riconciliati da poco." disse Mason. "Ci conoscevamo al collegio, siamo stati insieme da ragazzini."

Gli occhi di Zio Jeb si illuminarono. "Mi ricordo di Hazel. Era la cosa migliore che ti fosse capitata. Ti teneva fuori dai guai."

Era questo ciò che diceva quando parlava di me alla sua famiglia? Posai una mano sul suo petto. Non era difficile interpretare il ruolo della sua ragazza. Io volevo essere sua. "Anche Mason è la migliore cosa che mi sia capitata in collegio." commentai.

Non volevo lusingare Mason o suo zio. Dissi solo la verità.

Mason si tolse scarpe e cappotto, lasciandole all'entrata. Feci lo stesso, seguendolo. "Spero non ti dispiaccia ma non abbiamo mangiato niente. Speravo di poter fare qualcosa in cucina prima di andare a letto." Disse Mason.

"Nessun problema. Casa mia è casa tua, figliolo. Vado a cambiare le lenzuola nella stanza degli ospiti mentre prepari qualcosa da mangiare alla tua signora."

Appendemmo i cappotti e lasciammo le scarpe sul tappeto accanto alla porta.

Mason mi prese la mano e mi portò giù per il corridoio verso la cucina.

Accese l'interruttore, inondando la cucina di luce.

Sbattei gli occhi, cercando di abituarmi. L'atrio non era eccessivamente luminoso, ma la cucina mi accecò.

Mason fece scattare un altro interruttore, illuminando solo metà della cucina. "Meglio?"

"Grazie." Lasciai la sua mano e mi avviai verso il bancone, sedendomi su uno degli sgabelli. "Non so quanto riuscirò a mangiare. Dormire, quello mi riuscirà di sicuro." Sbadigliai. Solo parlare di dormire mi rese ancora più stanca.

"Prometto che ti rimboccherò le coperte appena avremo finito di mangiare."

Sistemai una ciocca di capelli dietro l'orecchio. Mason mi guardò, facendomi aggrovigliare lo stomaco. Mi avrebbe davvero rimboccato le coperte, o lo stava dicendo solo perché c'era suo zio?

Suo Zio Jeb non ci aveva seguito in cucina, ma non significava che non stesse ascoltando. Era solo una stanza più in là, in fondo al corridoio. Non sapevo in che parte della casa si trovasse la stanza degli ospiti di cui aveva parlato. Non avevo sentito passi sulle scale o all'ingresso.

Posai i gomiti sul bancone e mi misi la testa tra le mani, cercando di rimanere sveglia.

"Ti addormenterai sul tuo cibo proprio come Izzie, vero?" disse Mason, un grosso sorriso stampato in faccia.

Non sapevo chi fosse Izzie o a cosa si stesse riferendo. "Cosa?"

"La figlia di Jaxson." Scosse la testa, il sorriso ancora sulle sue labbra. "è solo che mi ricordi qualcuno quando sei stanca."

Mugugnai, incapace di rispondere con frasi complete. Volevo solo dormire. Chiusi gli occhi per un breve istante, solo per rilassarmi, quando sentii un braccio caldo sulla schiena e trasalii.

"Calma," disse Mason. Mi mise un braccio intorno alla spalla. "Ci ho preparato un panino. Vorrei che mangiassi qualcosa prima di metterci sotto le coperte."

Ingoiai il nodo che avevo in gola. Avremmo davvero condiviso il letto? Poche ora prima lo avevo voluto, ma mi aveva rifiutata. Ora dovevamo fare finta di essere follemente innamorati.

"Avanti. Devi mangiare qualcosa." Mason fece un panino anche per lui. Si sedette sullo sgabello accanto al mio e prese un morso del suo panino burro d'arachidi e marmellata.

Guardai il panino burro d'arachidi e banana che aveva preparato per me. Quando eravamo bambini era il mio preferito. Se lo ricordava. Non avevo fame, ma mi portai il pane alle labbra e diedi un morso per farlo contento.

Mi ci volle un'eternità per finire qual panino. Il tempo sembrò fermarsi perché ero esausta e pronta per andare a dormire. Con gli occhi pesanti, finii l'ultimo boccone e mandai giù un bicchiere d'acqua.

"Prometto, domani ci preparerò qualcosa di più sostanzioso." disse Mason. Lavò entrambi i nostri piatti nel lavandino, sciacquando e asciugando ogni posata.

Mi alzai, barcollando per la mancanza di sonno. "Ti aiuto ad asciugare i piatti." mi offrii. Camminai oltre il bancone fino al lavandino e presi uno straccio, asciugando i piatti dopo che lui li aveva lavati.

"Grazie," disse Mason. "Appena avremo finito, ti porterò di sopra e ti metterò a letto."

Mi leccai le labbra. Aveva intenzione di condividere il letto con me? Non ero sicura di quanto tradizionale fosse suo zio, se lo avrebbe incoraggiato o se si fosse sentito insultato che dormissimo nella stessa stanza.

"Cosa?" chiese.

Scossi la testa, un sorriso stanco sul volto. "Non ho detto nulla."

"No, ma lo stai pensando."

"Come sai a cosa sto pensando? Da quando leggi nel pensiero?" chiesi.

Spense l'acqua mentre io asciugavo l'ultimo piatto e lo posizionavo sulla lavasciuga. Non avevo idea di dove andassero sistemate le cose.

Mason prese lo straccio, lo piegò e poi prese la mia mano e mi guidò su per le scale.

In silenzio, lo seguii, disposta a dormire ovunque mi avrebbe messa.

Raggiungemmo la cima delle scale e lui aprì la seconda porta a destra e accese la luce, facendomi entrare.

Un letto matrimoniale era appoggiato al muro. Il piumone era piegato e diversi cuscini erano stati sistemati per gli ospiti.

"Tu dove dormi?" chiesi.

Lui chiuse la porta. "Con te, ovviamente." disse Mason. Si tolse la maglietta e slacciò la fibbia, levandosi la cintura.

Io rimasi in piedi, immobile, guardandolo mentre si svestiva.

Stavamo davvero per dormire nello stesso letto? Avevamo dormito vicini dozzine di volte, ci eravamo intrufolati nelle rispettive stanza rischiando l'espulsione, ma le volte in cui avevamo fatto sesso, potevo contarle sulle dita di una mano.

Aprì l'armadio e mi lanciò una maglietta. "Puoi metterti questo per dormire se vuoi. È mia. Ho lasciato qui un po' di cose in caso fossi venuto a trovare Zio Jeb."

"Porti qui tutte le tue ragazze?" chiesi. Non volevo sembrare gelosa, ma il modo in cui Mason aveva insistito che suo zio non si sarebbe fidato di me a meno che non fossimo stati insieme, lo avevo trovato strano. "Girati." dissi.

"Cosa?"

"Non mi spoglio davanti a te. Girati"

Mason alzò gli occhi al cielo e si girò verso la porta.

Mi tolsi velocemente i vestiti, ovvero la tuta di Mason che avevo indossato prima per non attirare l'attenzione. Mi misi la sua maglietta e lasciai indosso l'intimo prima di mettermi sotto le coperte.

"Okay, puoi girarti ora." dissi. Lui si tolse i jeans e piegò i suoi vestiti, lasciandoli sulla cassettiera prima di spegnere la luce e mettersi a letto solo con un paio di boxer.

La stanza era appena diventata più calda?

"Non hai risposto alla mia domanda." insistetti. I miei occhi non lasciarono il suo corpo. Era uno schianto mezzo nudo ed incredibilmente attraente vestito. Era incredibile che una donna non se lo fosse accaparrato.

"Riguardo le fidanzate? Sei l'unica persona che abbia mai portato qui che non è uno dei miei amici dell'esercito, i ragazzi della Eagle Tactical."

Mason si mise sotto le coperte, lasciandomi parecchio spazio sul mio lato del letto.

Era un professionista. Anche nello stesso letto, mentre fingevano di stare insieme, teneva le mani a posto.

Sbuffai e mi rigirai, nervosa nel letto.

"Qualcosa non va?" La voce morbida di Mason la trovavo incredibilmente rassicurante.

La sua mano si avvicinò, sfiorandomi il seno prima di posarsi sul mio fianco. Era un incidente al buio, o voleva toccarmi intimamente?

"A parte il fatto che sono esausta?"

"Giusto. Dormi un po' " disse. Le sue labbra sfiorarono la mia guancia e lasciò un bacio leggero, dolce sulla mia pelle.

"Non devi fare finta, qui. Ci siamo solo noi due."

Suo zio non poteva vederci nella privacy della camera da letto. Non doveva fingere di voler stare con me. Mi aveva già rifiutato una volta oggi. Non volevo mettermi su di lui di nuovo.

"Non fingerei mai. Voglio dire, tranne che con Zio Jeb, ma è solo perché è paranoico riguardo il governo e il mio lavoro."

Sospirando, mi rannicchiai sul fianco, gli occhi chiusi. Non so quanto ancora avrei resistito sveglia.

"Non ha tutti i torti. Insomma, quello che fai, il pericolo ti segue ovunque tu vada."

Io ero parte di quel pericolo, rischiare la sua vita, chiamare lui per aiutarmi ad affrontare Franco.

Avrei mai potuto tornare ad avere una vita normale, o sarei stata costretta a nascondermi o andare sotto protezione testimoni?

"Io so difendermi," disse Mason. "E poi, non ti succederà niente mentre sono con te."

Era sicura della sua risposta. Trovai conforto nelle sue parole. Mi mossi nel letto, avvicinandomi. Anche se non volevo toccarlo, lo sfiorai, e sapere che era accanto a me mi fece sentire più tranquilla.

"Ti fidi di Zio Jeb?"

"Gli affiderei la mia stessa vita." rispose Mason. "Neanche lui lascerà che ti accada niente. Ora dormi."

Le sue labbra sfiorarono la mia guancia ancora una volta prima che il letto si mosse e lui mi prese tra le sue braccia, cullandomi.

Aprii la bocca per obbiettare, per fargli notare che non era professionale, ma ci voleva troppa energia e forza che non avevo per discutere con lui. Lasciai che mi stringesse e che mi proteggesse.

Le mie gambe avvolsero le sue, avvicinandolo, il calore dei nostri corpi che rimescolava desideri che si facevano sempre più intensi dentro di me.

Non potevo averlo. Non era mio. Non più.

———

Mi svegliai di soprassalto. Bear stava abbaiando copiosamente al piano di sotto. Il mio corpo si irrigidì, le luci erano spente, il cielo ancora scuro.

Non sapevo che ore fossero, ma mi sentivo molto meglio, più riposata. Avevo dormito un bel po'.

Mi allungai per cercare Mason, ma non era nel letto con me. "Mason?" sussurrai nel buio, incapace di vederlo.

Non rispose. Forse era al piano di sotto e aveva spaventato Bear?

Il suono di colpi di arma da fuoco arrivò dal piano inferiore.

CAPITOLO DICIANNOVE

MASON

Mi svegliai di soprassalto, ma quale fosse la causa, non ne ero sicuro. Hazel dormiva profondamente, rannicchiata sul fianco.

Mi liberai dalla sua presa e presi in silenzio la pistola riposta sotto i miei pantaloni.

Uscii dalla camera da letto e Zio Jeb era già in corridoio, fucile in mano.

I suoi occhi, stretti, erano concentrati come i miei, ascoltando cosa ci aveva svegliati entrambi.

Mio zio aveva servito nella marina molti anni prima. Gli feci dei segni con le mani, senza fare rumore.

Bear ululò dal piano di sotto, e scesi di fretta, pistola puntata mentre correvo giù dalle scale più silenziosamente possibile.

Dovevo proteggere Hazel, e il modo migliore per farlo era tenerla di sopra e lontana dal pericolo.

Zio Jeb mi seguì col fucile.

Non volevo dirgli che avremmo avuto bisogno di più potenza di fuoco, se gli uomini che stavano cercando Hazel ci avessero raggiunto. Come l'avevano trovata? Ero stato attento, mi ero assicurato che nessuno seguisse la mia macchina.

C'era un localizzatore sulla macchina o su Hazel?

Le avevo dato il bracciale, ma non avrebbero avuto modo di hackerare il nostro localizzatore.

Bear ringhiò e abbaiò. Quel cane così dolce era addestrato per attaccare. Aveva percepito il pericolo proprio come noi.

Zio Jeb venne accanto a me mentre girai a sinistra e mi avviai in fondo al corridoio. Lasciammo le luci spente, per avvantaggiarci. Mio zio conosceva la sua casa al buio e io ci avevo trascorso abbastanza estati da essere familiare con la disposizione dei mobili.

Proiettili piovvero da ogni angolo esterno, sparando contro la casa. Mi stesi per terra per coprirmi. Non c'era nessun posto dove andare. Mi trascinai fino alla finestra. Quando il fuoco si fermò dopo diverse scariche, alzai la testa per vedere cosa ci aspettava.

C'erano dozzine di veicoli con fari e motori accesi proprio fuori dalla casa.

Mi servivano rinforzi.

Anche se avessi dato a Hazel un'arma, non sarebbe stato abbastanza. Mi affrettai sulle scale e spalancai la porta.

Lei era in piedi in mezzo alla stanza, vestendosi con un maglione. La presi per il braccio, trascinandola via con me. "Dobbiamo portarti via di qui. È un bagno di sangue."

Non avrei aspettato che arrivassero a prenderla.

Zio Jeb sparò. Dopo ogni colpo, doveva ricaricare, facendoci perdere tempo prezioso. Proiettili attraversarono la casa, distruggendo le pareti. Gli uomini fuori non avevano fucili o pistole. Avevano armi semi-automatiche che non avevano bisogno di essere ricaricate.

La prima scarica aveva devastato il piano terra. Dopo che ebbero ricaricato, mirarono di sopra, distruggendo ogni centimetro di proprietà, assicurandosi che non ci fossero sopravvissuti.

Feci da scudo a Hazel, coprendola col mio corpo mentre mi sdraiai sopra di lei sul pavimento. Pezzi di legno e vetro tagliarono la mia pelle.

Le mie braccia bruciavano e del sangue scorreva sulla mia guancia. Ignorai il dolore. Tutto ciò che importava era portarla via di lì viva.

Il fuoco cessò, e presi il braccio di Hazel, alzandola in piedi. Tremava tra le mie braccia.

"Dobbiamo muoverci." La condussi giù per le scale, la mia mano nella sua, mentre la tenevo stretta, vicina al mio corpo.

I fari delle macchine all'esterno illuminavano la casa attraverso i fori di proiettile.

Zio Jeb era sul pavimento, piegato in avanti. Sangue zampillava dal petto e collo mentre rantolava. "Portala...via di qui."

"Tutti dentro! Cercate dappertutto. La voglio viva o morta." ordinò Franco ai suoi uomini.

Trascinai Hazel con me nella stanza del bucato. Sotto il pavimento, c'era una falsa porta. Aprii la botola. "Entra."

Scosse violentemente la testa e incrocia le braccia al petto. Stava tremando da prima, ma ora le scosse erano aumentate.

Le accarezzai la guancia. Non vedevo sangue su di lei, a parte qualche piccolo taglio e graffio.

"Non posso."

"Devi." Non avevamo più tempo. Doveva nascondersi e io dovevo coprire la porta del nascondiglio per proteggerla. Non avevo neanche avuto il tempo di considerare come avrei affrontato gli uomini, mentre facevano irruzione in casa.

"Sono claustrofobica. "disse.

"Merda. Allora devi correre." Pregai che tutti gli uomini entrassero dalla porta principale o dal retro. Corsi verso il fianco della casa, evitando le porte e usai il mio gomito per pulire i frammenti di vetro che non si erano completamente rotti durante lo scontro.

Non avevo visto nessuno, ma riuscivi a sentirli. Aiutai Hazel ad uscire dalla finestra insieme a Bear, spendendo che la proteggesse.

Gli uomini si riversarono in casa, pistole in pugno. Uscii dalla stanza, non volevo suggerire dove fosse andata Hazel agli uomini che la inseguivano.

Un forte accento russo risuonò nella stanza. "Dov'è?"

Zio Jeb tossì e rantolò. Potevo sentire che stava soffrendo.

Mi attaccai al muro, sbirciando e vedendo un uomo torreggiare su mio zio.

Un altro uomo premette il piede sul petto di mio zio, rendendogli ancora più difficile respirare.

Alzai la pistola e sparai vari colpi, colpendo gli uomini prima di scappare in sala da pranzo, nel buio.

Proiettili risuonarono nella casa, trafiggendo il mio braccio e bruciando come lava, lacerandomi la carne. Trasalì e mi morsi la lingua per non urlare di dolore. Nessuno poteva sapere dove mi fossi nascosto.

Non era la mia prima ferita da arma da fuoco, ma non per questo faceva meno male. Sangue gocciolò sul mio braccio, era difficile prendere la mira con due mani, e il bastardo aveva colpito il mio braccio buono.

"L'abbiamo trovata!" sentii una voce dall'esterno.

Barcollai in avanti. Perché non aveva lottato? Non avevo sentito neanche un grido uscire dalle sue labbra.

Stivali pesanti si ritirarono dalla casa, non prima di scaricare altri proiettili. Mi abbassai per proteggermi.

Una seconda scarica si abbatte sul mio petto, buttandomi a terra, incapace di muovermi.

Cercai di alzarmi, di tirarmi su dal pavimento e combattere. Centimetro dopo centimetro, mi trascinai sul pavimento della sala da pranzo verso il corridoio.

Una scia di sangue mi seguì sul pavimento di legno. Non avrei lasciato andare Hazel con Franco.

Portiere sbatterono, e i fari si allontanarono mentre sentivo le ruote stridere e i veicoli allontanarsi dalla casa.

Era andata, e la colpa era mia.

Non ero stato in grado di salvarla o proteggerla.

CAPITOLO VENTI

Hazel

Scivolai fuori dalla finestra rotta.

I vetri mi tagliarono i piedi. Le scarpe erano vicino alla porta, non potevo prenderle prima di scappare.

Corsi a perdifiato con Bear accanto a me, al buio, in mezzo ai campi. Ansimando, inciampai su una roccia, rompendomi l'alluce e cadendo di faccia per terra.

La terra sporcò il mio viso e riempì la mia bocca. Sputai e tossii.

Colpi di arma da fuoco furono esplosi dentro la casa. Bear corse, lasciandomi in mezzo al campo.

"Mason," sussurrai, il mio sguardo sulla casa martoriata. Non era ancora crollata. La struttura era instabile a causa delle centinaia di proiettili che bucavano le pareti.

Dovevo correre, ma i miei piedi era doloranti e feriti. Il mio cuore voleva salvare Mason, ma l'unico modo di farlo era arrendersi a Franco. E anche quello non avrebbe assicurato a Mason la libertà.

Una torcia mi illuminò.

"Ferma! Non muovere un muscolo!" mi urlò una voce secca.

Corsi, sperando che l'oscurità mi coprisse, ma c'era la luna piena.

Sparò un colpo d'avvertimento. Il proiettile sibilò accanto a me.

"Fermati! Non ti mancherò la prossima volta."

Mi fermai bruscamente, le mani in aria. "Non sparare. Verrò con voi. Ma lasciate in pace i miei amici." Non era uno scambio che poteva fare. Non avevo leva. Avevo una pistola puntata contro, ma lo dissi comunque.

Lui ridacchiò, mi afferrò il braccio e mi strattonò, puntandomi la pistola alla schiena.

"Cammina più svelta," ordinò. Quando ci avvicinammo, urlò agli altri. "L'abbiamo trovata!"

Guardai il bracciale dorato nascosto sotto la felpa. Mason mi avrebbe trovata, sempre fosse ancora vivo.

Non potevo permettermi di pensare quelle cose. Era un combattente, lo era sempre stato, anche in collegio.

Gli uomini spararono contro la casa, una pioggia di proiettili che si abbatte sulle pareti e i due uomini all'interno.

Zio Jeb non era in buone condizioni quando ero scesa al piano di sotto. Avremmo dovuto aiutarlo, metterlo nel nascondiglio nel seminterrato.

Ebbi una fitta allo stomaco, annegando nel senso di colpa.

Se solo avessi sposato Franco, nulla di tutto questo sarebbe accaduto.

"Ecco qui il mio piccolo fuoco d'artificio." disse Franco mentre muoveva grossi passi sul prato, avvicinandosi a me.

Volevo fuggire, ma non riuscivo a muovermi. La pistola premeva contro la mia schiena. I piedi pulsavano di dolore, il che rendeva difficile camminare.

Prese una ciocca dei miei capelli e ai tirò, alzando il mio viso e obbligandomi ad incontrare il suo sguardo duro. "Basta scappare, Hazel. La corsa è finita."

Mi tirò per i capelli e mi spinse nella sua macchina, sedendosi accanto a me.

"Non pensare nemmeno di scappare. Le chiusure di sicurezza per bambini sono un'invenzione incredibile." Le sue gambe erano divaricate, occupavano un posto e mezzo.

Mi rannicchiai il più possibile vicino all'altra portiera, cercando di rendermi invisibile.

"E' un peccato che tu abbia ucciso quegli uomini e quegli agenti." disse Franco. "Non avrei mai pensato che mia moglie potesse fare il lavoro sporco, ma a quanto pare tu sei corrotta quanto me."

"Io non ho ucciso nessuno."

Non ero io l'assassina.

Non poteva incolpare me per ciò che aveva fatto.

Franco si girò verso di me. "Tu non lo credi davvero. So come pensi. Sei più colpevole di quanto lo sia io. Tu lo hai chiamato e hai segnato il suo destino."

Le sue dita sfiorarono la mia clavicola e toccarono la catenina d'oro bianco che mi diede mio padre, da cui pendeva un medaglione con la foto della mia defunta madre.

Mi strappò la collana dal collo, abbassò il finestrino e la gettò fuori.

"No!" Sussultai, sentendomi nuda e distrutta senza la collana. Non l'avevo tolta per anni. Era diventata parte di me. "Perché?" La ma voce di spezzò. "Era un regalo di mio padre!" Le lacrime mi annebbiarono la vista. Non avevo pianto dopo tutto quello che mi era successo, ma aveva rubato un pezzo di me e lo aveva buttato via come spazzatura. Non potevo sopportare di più.

"Lo so. Come pensi sia riuscito a trovarti?" chiese.

Non capì, corrugando le sopracciglia mentre continuava a fissarmi. Scossi la testa. Aveva intenzione di spiegarsi? Franco stese il braccio e lo mise intorno alle mie spalle. Mandai giù il groppo che avevo alla gola mentre lui mi avvicinava a sé e mi sussurrava all'orecchio. "Tuo padre voleva accertarsi che ti tenessi al sicuro. Come pensi che ti abbia trovata?" mormorò.

Rabbrividii e mi allontanai, liberandomi dalla sua presa. "C'era un localizzatore nella collana? Lasciami andare."

Non volevo crederci, ma come mi avrebbe potuta trovare Franco altrimenti. Mason non aveva chiamato nessuno quando avevamo lasciato Breckenridge. Ci eravamo presentati all'improvviso nella fattoria di suo zio in Nord Dakota.

"Non ti lascerò mai andare." Mi disse all'orecchio.

Mi si drizzarono i peli sul braccio.

Mi divincolai ma la sua presa si strinse sulle mie spalle.

———

Guidammo tutta la notte fino a Chicago. Mi tenni il più lontana possibile da Franco dentro la macchina. Dopo un po', la sua mano si tolse dalla mia spalla e riuscii a rilassarmi e addormentarmi a piccoli intervalli.

La macchina si fermò e io mi svegliai.

Stropicciandomi gli occhi, riconobbi la casa. Era la dimora di mio padre, prima che morisse e la lasciasse a Nikolai.

"Cosa ci facciamo qui?" chiesi.

Franco non rispose.

Il guidatore aprì il finestrino, inserì un codice e proseguì attraverso l'entrata principale prima di spegnere il motore ed uscire.

Franco scese dalla macchina e mi afferrò il braccio, trascinandomi fuori con lui.

"Lasciami." Cercai di liberarmi, ma non mi lasciò andare.

Non avevo nessun posto dove andare, anche se fossi riuscita a scappare. La recinzione di ferro battuto aveva degli spuntoni in cima, assicurando che nessuno potesse scavalcarla. Senza contare che i miei piedi erano gonfi e tagliati dal vetro che avevo calpestato la notte prima, cercando di fuggire.

Victor, uno dei più vecchi amici di mio padre, uscì dalla porta d'ingresso e scese le scale. Aveva radi capelli bianchi ed era magrolino in confronto a Franco. "Nikolai non è qui." disse Victor.

"Bene. Aspetteremo." Franco lasciò la presa su di me, e io mi allontanai per ritrarmi da lui.

Mi massaggia il braccio livido e mi tolsi dal cemento, lasciando riposare i miei piedi indolenziti sull'erba. Non importava che fosse inverno. La brezza gelida mi intorpidì, aiutandomi a lenire il dolore che sentivo in tutto il corpo, il bruciore sulla mia pelle nuda.

"Potrebbe volerci un po' prima che torni. Nikolai è andato a Breckenridge quando non siamo riusciti a raggiungervi." continuò Victor.

Le mie braccia si strinsero al mio petto mentre rabbrividivo e guardai nuovamente la macchina. Almeno il riparo del veicolo e il sedile erano comodi.

C'era qualche possibilità che l'autista avesse lasciato le chiavi incustodite e che potessi rubare la macchina e fuggire?

Era un mero desiderio.

"Venite dentro." disse Victor. "Chiamerò Nikolai per dirgli che siete arrivati entrambi.

L'autista rientrò in macchina e mise in moto, lasciandomi seguire Franco e Victor dentro. Non sapevo ancora perché fossimo venuti, ma sospettavo che Nikolai non sarebbe stato felice di vedermi.

Avevo sangue secco su tutto il corpo, e sotto la luce del mattino, avevo macchie di sangue su braccia, mani e piedi.

Zoppicai sulle scale di legno fino all'atrio.

Franco si avvicinò e mi annusò il collo.

Io tremai e feci una smorfia disgustata.

"Trovati un bagno. Non esiste che mia moglie sia così sporca." disse e mi prese per i fianchi. Mi attirò a sé e mi strinse contro il suo corpo. "Datti una rinfrescata per me. Mi piacciono le ragazze che profumano."

Volevo vomitare.

"Chiamo Nikolai. Franco, ti prego siediti. Fa come se fossi a casa tua." disse Victor.

Sollevata che Franco avesse mollato la presa su di me, mi affrettai sule scale, lontano da lui.

Il dolore mi straziava i piedi, ma tenni un passo veloce. Volevo andarmene, ma non potevo correre con schegge di vetro ancora conficcate nelle piante dei piedi.

La casa odorava di muffa e di vecchio. Anche se l'arredamento non era cambiato molto da quando Nikolai aveva preso possesso della proprietà, l'odore trasudava la sua sporcizia.

Quanti uomini aveva ucciso dentro la sua casa?

Cercai la mia vecchia camera da letto e aprii la porta. Entrai, i miei piedi lasciarono macchie di sangue fresco sulla moquette immacolata.

Ignorai le macchie e il disordine e mi avvicinai all'armadio. Avevo passato molte notti in quella stanza, non solo da bambina.

Tirai fuori un maglione e dei leggins neri dalla cassettiera, insieme alla biancheria intima.

Mi affrettai verso il bagno più vicino. Non c'erano lucchetti, nessuna vera privacy, solo una parvenza.

Dovevo fidarmi che nessuno avrebbe invaso il mio spazio. Non c'erano mobili da mettere davanti alla porta.

Da bambina, vivere in una casa enorme non era un problema. Nessuno avrebbe sfondato la porta del bagno, ma ora, sapendo che Franco sarebbe potuto entrare con la forza in qualunque momento, mi si strinse lo stomaco.

Mi spogliai e accesi la doccia, lasciando che il vapore riempisse l bagno mentre prendevo delle pinzette dall'armadietto del bagno.

Mi sedetti sul water, alzando una gamba alla volta per rimuovere pezzi di vetro o detriti infilati nella pelle dei miei piedi.

Espirai rumorosamente dalla bocca, sospirando mentre toglievo schegge e cocci di vetro sotto la mia pelle.

"Ancora uno," dissi. Pulii minuziosamente l'altro mio piede prima di entrare finalmente in doccia.

Guardai l'acqua scorrere sul piatto della doccia, il getto trasparente si fece nero e marrone mentre lavavo via i resti del giorno prima.

Ciò che non riuscii a lavare via fu il dolore, la preoccupazione per Mason e suo zio. Non avevo tolto il braccialetto, tenendolo sulla mia pelle. Speravo si potesse bagnare, del resto era troppo tardi. Lo avevo già lasciato sotto il getto d'acqua.

Non potevo toglierlo. E se Franco cose entrato e avesse preso i miei vestiti e il bracciale? Non saremmo rimasti per più di qualche ora, quanto ci sarebbe voluto a Nikolai per tornare.

Avevamo guidato per più di quattordici ore, ma mio fratello aveva un jet privato. Mi aspettavo che sarebbe arrivato in volo dal Montana.

Perché era andato fino a Breckenridge? Cosa sperava di fare, convincermi a tornare con lui?

Mio fratello era il più grande coglione del pianeta, con un complesso di Dio. Era anche la ragione per la quale non arrivai mai in California. Mio padre aveva speso i soldi della mia borsa di studio per Nikolai. Mi aveva anche detto che era troppo pericoloso per me uscire da Chicago e mi intrappolò, ma non era prigioniera, non completamente.

Avevo il permesso di entrare e uscire dalla proprietà. Credetti di avere libertà, ma era una farsa. La collana che mi aveva dato lo aveva tenuto informato dei miei spostamenti. Non ero mai sola, neanche quando volevo esserlo.

Mio padre mi aveva aiutato ad ottenere il mio primo lavoro appena uscita dal liceo. La maggior parte degli assunti con solo un diploma delle superiori iniziavano con un lavoro in un negozio o un parti-time, qualcosa di normale.

L'acqua mi scivolò addosso, pulendomi dai miei peccati. Aprii la bottiglia di shampoo e me ne versai una nota sulla mano prima di lavarmi i capelli.

Non avevo mai avuto un tipico lavoro da stagista. Avrei voluto frequentare il college per graphic design, ma mio padre mi disse di mandare il curriculum all'agenzia West Marketing. Feci esattamente quanto mi aveva detto e venni assunta al primo colloquio come marketing manager.

Due mesi dopo, fui promossa a direttore di marketing quando il mio capo sparì misteriosamente.

Ripensandoci, fu tutto molto sospetto, gli impiegati, i clienti, erano tutti amici e parenti di Nikolai, colleghi in un modo o nell'altro. Non ne avevo idea quando avevo diciott'anni.

Fui ingenua e sciocca a credere che tutto quello che papà mi diceva fosse vero.

Mio padre mi aveva mentito e mi aveva fatto credere che avevo ottenuto un lavoro in un'azienda prestigiosa appena fuori dal liceo perché avevo talento.

Lavai la terra via dai miei capelli e insaponai ogni centimetro della mia pelle.

La porta del bagno si aprì, e una ventata gelida seguì l'intruso.

"Esci!" urlai e mi avvolsi con la tenda della doccia, nascondendo il mio copro e il braccialetto alla vista.

La risata oscura di Franco riempì il bagno. "Non serve essere timida con me. Saremo marito e moglie."

"Dovrai passare sul mio cadavere," sibilai.

"Si può fare." Si avvicinò, invadendo il mio spazio, e mi afferrò la mascella, costringendomi a guardarlo nei suoi occhi scuri e senz'anima. "Sei stata qui dentro abbastanza. Vestiti e vieni di sotto."

Liberò la presa su di me.

Tirai un sospiro di sollievo.

"Hai cinque minuti. Uno di più e tirerò fuori il bastone. Scoprirai la bellezza della disciplina e della sottomissione."

"Non mi sottometterò mai a te."

Francò mi colpì al viso.

La guancia mi bruciava, gli occhi serrati dallo shock iniziale e dal dolore. Nessuno mi aveva mai colpito prima, di certo non in faccia.

"Mai è molto tempo. Abbiamo il resto delle nostre vite insieme." disse Franco, ricordandomi che fossi *sua*.

Il suo telefono vibrò nei pantaloni e si allontanò.

Spensi la doccia e gli intimai ad uscire dal bagno.

"Nikolai, sì, ho recuperato tua sorella. È stata un vero peperino." disse Franco al telefono e si fermò.

Non mi mossi dalla mia posizione, in piedi con la tenda intorno al mio corpo aspettando che uscisse dal bagno per avere un po' di privacy.

"Capisco. Sì, esatto. Molto bene," disse e sorrise. "A tra poco." Chiuse la chiamata e ricacciò il telefono nella tasca.

"Vattene!" dissi indicando la porta.

Socchiuse gli occhi e si avvicinò, il suo alito marcio mi colpì dritta la viso. "Non prendo ordini da te." Posò con forza le sue labbra sulle mie, forzando la sua lingua nella mia bocca.

Tenni la bocca chiusa e cercai di indietreggiare, ma non c'era molto spazio per muovermi con la tenda ancora attaccata addosso.

Mise la mano dietro la tenda, palpeggiando il mio seno. "Dovrei ispezionare a fondo la mercanzia prima di acquistare." Disse Franco con un sorriso sghembo. "Sei stata irritante. Dovrei assicurarmi che sto per avere ciò per cui ho pagato."

CAPITOLO VENTUNO

JAXSON

"Giorno," disse Declan, entrando nel mio ufficio. Si sedette sul bordo della scrivania.

"A cosa stai lavorando?"

Non mi ero nemmeno degnato di alzare lo sguardo quando era entrato nel mio ufficio.

Lasciai partire un profondo sospiro e mi passai una mano tra i capelli. "Sto cercando di contattare Mason. Dopo la giornata che abbiamo avuto ieri, ho pensato fosse una buona idea provare con il telefono satellitare."

"Non ha risposto?" chiese Declan, le sopracciglia s'incurvarono, mentre si alzava e avvicinava per guardare lo schermo del computer.

"No, non ha risposto. Se avesse risposto alla chiamata, non mi sarei preoccupato. Ho provato a chiamare suo zio dato che sono sicuro sia andato lì, ma non risponde nemmeno lui."

"Stiamo parlando di Zio Jeb. Non mi sorprende. Probabilmente ha strappato i cavi del telefono. Sai quant'è paranoico. L'hai conosciuto."

Mi allontanai con la sedia dalla scrivania e mi alzai. "Vero."

Mi diressi a grandi passi fuori dall'ufficio verso il corridoio dov'era la caffettiera. Avevo bisogno di una tazza di caffè forte per affrontare la giornata.

"Ho solo un brutto presentimento. Mason avrebbe dovuto contattarci. Non mi piace il fatto che abbia preso Hazel e lasciato la città senza dirci nulla."

Aiden mise piede in corridoio, le braccia conserte mentre stava appoggiato alla sua porta aperta, ascoltando e riflettendo su quanto dicevamo. "Potresti chiamare l'ufficio dello sceriffo e chiedere di controllare che sia tutto a posto."

"Di sicuro andrà alla grande, sopratutto con Zio Jeb," dissi.

Declan versò una tazza di caffè e la portò alla sua scrivania. "Posso hackerare i video di sorveglianza e vedere se c'è qualche movimento sospetto."

Quello sarebbe stato almeno un inizio. Era qualcosa che io non ero capace di fare. "Grazie." dissi.

Cinque minuti davanti al computer, e Declan aveva già hackerato i video satellitari e ingrandito l'immagine sulla fattoria.

"Merda", mormorai mentre guardavo da dietro le sue spalle. L'esterno era fatiscente. Era difficile vedere quanto fosse grave il danno subìto dalla fattoria, ma la struttura non appariva stabile.

"Ci procuro un passaggio con l'elicottero," Aiden disse correndo verso il suo ufficio prima di iniziare a fare telefonate.

I nostri agganci con le autorità locali e statali tornavano spesso comode. Avevamo degli amici che erano federali, e sebbene fossimo noi ad aiutare loro di solito, questa volta, ci serviva il loro aiuto.

Chiamai il dipartimento dello sceriffo della contea dove Mason e Zio Jeb erano situati.

Avrebbero mandato una squadra a controllare la situazione mentre noi organizzavamo un trasporto verso il luogo.

———

Prima che l'elicottero arrivasse, ricevemmo una chiamata dall'ufficio dello sceriffo del Nord Dakota, informandoci che i soccorsi erano stati chiamati e avevano trovato due corpi. Mason era vivo, ma suo zio non ce l'aveva fatta.

"Mason vuole parlarti," disse lo sceriffo. Aveva chiamato con il telefono di Mason e passò in modalità videochiamata per farci parlare.

Uscii dalla stanza e andai nel mio ufficio, lasciando la porta aperta.

"È bello vederti, Mason," dissi. Sembrava un cadavere, pallido, le labbra viola, ma era cosciente e respirava.

Provò a parlare, ma parlava troppo piano perché riuscissi a sentirlo al telefono.

"Non riesco a sentirti, amico. Andrà tutto bene. Vai con i soccorsi e lascia che facciano il loro lavoro." Provai a rassicurarlo che fosse tutto a posto. Sembrava un cadavere. Era fortunato a essere ancora vivo.

Lo sceriffo si avvicinò per sentire cosa Mason cercavasse di dire. "Hazel ha un localizzatore."

Feci un sorso di caffè. "Sì, ha senso. Forse è stato quello a permetterli di trovarvi."

Mason scosse la testa. Non era quello che voleva dirci. Fece segno allo sceriffo di avvicinarsi di nuovo.

Girarono la telecamera del telefono, mostrando il sangue e i danni all'abitazione. Mason aveva perso un'ingente quantità di sangue, ma respirava ancora. Il suo cuore batteva. Era un combattente.

"Hazel ha un braccialetto che potete localizzare. Gliel'ha dato così che possiate proteggerla," disse lo sceriffo. Aggrottò le sopracciglia, spostando lo sguardo da Mason a me. "Ma voi chi siete esattamente?" "Eagle Tactical," dissi. L'avevo già detto a quelli del suo ufficio quando avevo chiamato per chiedere il loro aiuto, ma o non gli era stato riferito o non sapeva chi fossimo. "Mason, recupereremo Hazel. Lascia che i soccorsi e i dottori si prendano cura di te. Riprenditi, d'accordo?"

Gli avremmo fatto visita una volta che Hazel fosse stata al sicuro. Chiusi la chiamata e mi affrettai all'ufficio di Declan.

"Ho sentito tutto," disse Declan prima che potessi riferirgli il messaggio. "Ho già rintracciato il braccialetto e sto localizzando la posizione di Hazel. Merda." Spostò lo sguardo dal computer a me. "È di nuovo a Chicago."

"Prendi l'indirizzo, chiamo Colton Carr e chiedo se riesce a essere lì con una squadra prima che arriviamo noi." Afferrai il cappotto e buttai giù quel che rimaneva del caffè.

"E Izzie?" chiese Declan. "Forse dovremmo mandare Aiden e Lincoln." "Lincoln è occupato col perito dell'assicurazione, dopo quel che quei bastardi hanno fatto al suo ristorante," disse Aiden dall'altra parte del corridoio. I suoi stivali risuonavano sul pavimento mentre correva verso di noi. "Vengo con voi. C'è bisogno di almeno due uomini."

Risi sommessamente. Dubitavo che due di noi e gli agenti federali sarebbero stati abbastanza per affrontare la mafia russa di Chicago e salvare Hazel. "Declan, resta qui e tieni traccia degli spostamenti di Hazel. Aiden, chiama Lincoln e digli che ci serve il prima possibile. Offrigli un contratto a tempo pieno, di nuovo. Ci serve il suo aiuto. Ci serve tutto l'aiuto possibile," mormorai.

Declan mi lanciò un'occhiata. Il suo tono era provocatorio. "Potremmo chiamare Jayden. So che non è l'ideale, ma possiamo usare un altro paio di braccia."

"Assolutamente no." Non avrei invitato un NoTech nella nostra squadra. Jayden sarà anche stato uno di noi nell'esercito, uno della nostra unità e della nostra squadra, ma aveva preferito loro a noi. "Sono quelli che hanno rapito degli ostaggi ieri al resort."

"Non sai se Jayden fosse partecipe; avevano tutti la maschera," disse Declan.

"Perché lo difendi?" chiesi. "E non tutti avevano la maschera. Emma era lì, e anche Jayden. L'ho spogliato e gli ho rubato i vestiti."

"Cazzo. Non ce l'avevi detto." Aiden rise. "Avrei voluto vederlo. Hai per caso fatto una foto?"

Alzai gli occhi al cielo e presi le chiavi del pickup dalla scrivania. "Non ne ho avuto il tempo. Peccato, giusto? Sto andando all'hangar. Chiamo Carr mentre sono in strada. Tu vieni, Aiden?" chiesi.

"Non perdo di certo l'occasione di prendere a calci in culo qualcuno. Chiamo Lincoln mentre siamo in macchina."

"Merda. Devo anche chiamare Ariella. Le avevo detto che avrei preso da mangiare e l'avrei riportata con me in ufficio." Non ce l'avrei fatta. Forse avrei potuto chiedere a Skylar di accompagnarla a prendere la macchina al resort. Altrimenti, le avrei dato un passaggio domani o una volta tornato a casa.

———

Lincoln, Aiden, e io ci unimmo a Colton Carr e alla sua squadra di federali assieme al Federal Bureau of

Investigation.

"Hazel è ancora nella proprietà," disse Declan.

Mi inviò la posizione per telefono.

Esaminando lo schermo del cellulare, notai il minuscolo puntino rosso che lampeggiava e si spostava avanti e indietro.

Non sapevo se la localizzazione era approssimata o se lei si stesse effettivamente muovendo, ma finché avesse avuto il braccialetto, almeno sapevamo dove si trovasse.

"Abbiamo una squadra pronta a partire," disse l'agente Bishop. Era vestito in un completo, la sua squadra in assetto antisommossa circondava il perimetro.

Restammo appena fuori il centro di controllo, un veicolo attrezzato al lato della strada nascosto dietro l'isolato.

Una ragazza con lunghi capelli biondi inddosso un giubbotto Kevlar irruppe nel posto di comando. "Ho occhi e orecchie sul posto. Dovreste ricevere un segnale in qualunque momento."

Si sedette davanti a uno schermo e regolò la frequenza, ricevendo il segnale video e audio di Hazel.

"Eccola. Questo è l'obiettivo da recuperare," disse, dando conferma.

"La SWAT va per prima," disse l'agente Bishop. Era alto e dinoccolato. Probabilmente non aveva mai passato un giorno nell'esercito, ma dava ordini con autorità.

"D'accordo," disse Lincoln. Stava dietro di me, le braccia conserte al petto. Non si era mosso di un centimetro, nemmeno per far passare gli agenti che venivano e andavano, dovendo stringersi per superarlo nello stretto corridoio.

"Abbiamo occhi su Nikolai Agron?" mi informai.

"Non ancora," disse l'agente Bishop. "Abbiamo conferma che Franco Ivanov è lì dentro, assieme a un altro uomo che stiamo cercando nel database. Ci sono anche dei collaboratori, ma i pezzi grossi della mafia non sembrano essere presenti."

"A parte Franco," dissi. Era uno dei pezzi pezzi grossi, e sebbene non fosse a capo della mafia, era il secondo in comando e il motivo l'avevamo davanti agli occhi tutti.

L'agente Bishop guardava dallo schermo mentre dava ordini ai suoi compagni. Entrarono nel perimetro della proprietà e salirono verso la casa. "Aspettate il via libera per entrare."

Fissavo lo schermo da dietro le sue spalle. Stavano aspettando che Hazel fosse fuori pericolo immediato.

Non era vicina all'atrio. Ci sarebbe voluto qualche secondo prima che riuscissero a raggiungere dal varco la stanza in cui si trovava.

Abbastanza tempo per spararle o prenderla in ostaggio e minacciare di ucciderla.

Non riuscivo a guardare lo schermo, senza poter prendere parte all'azione.

Le mani mi si serrarono.

Franco uscì dalla stanza, lasciando Hazel con l'uomo non identificato. "Ora!" L'agente Bishop ordinò con gli agenti della SWAT che sfondarono la porta principale ed entrarono, pistole spianate, annunciando il loro ingresso.

Gli spari rimbombarono in ogni angolo. Tremavo e ingoiavo la bile che mi saliva alla gola. Ero abituato a stare sul campo, non ad assistere da uno schermo. Il pensiero di non poter aiutare in nessun modo mi faceva star male.

Volevo uscire, prendere parte all'azione, ma non avevo scelta. L'agente Bishop aveva messo in chiaro che potevamo entrare nella postazione di comando, per concessione di Colton Carr.

Presi a camminare all'interno della roulotte, non riuscendo a stare fermo a guardare lo schermo e i video delle telecamere di sorveglianza attorno la proprietà.

Il segnale video s'interruppe da una delle telecamere, ma l'audio era ancora collegato, il che era anche peggio con il rumore degli spari e le urla strazianti.

Mi massaggiai la fronte, scacciando i ricordi di quando ero oltreoceano con l'esercito. Quegli orrori riaffioravano con il risuonare delle urla.

Non c'era altro che potessi fare, quindi aspettai con Aiden e Lincoln. La SWAT catturò Franco e altri individui all'interno della casa prima di portare fuori Hazel.

Mi affrettai al posto di controllo, con Lincoln e Aiden al mio seguito. Aveva gli occhi gonfi e rossi, le guance arrossate. Venne fuori, zoppicando verso di noi quando ci vide. Corrugò le sopracciglia, e le lacrime le inondarono gli occhi.

"Mason", sussurrò.

Un'unica parola, e capii il perché delle lacrime. "L'abbiamo trovato in tempo. È in ospedale," dissi.

Lo chiamammo nel momento stesso del nostro arrivo a Chicago, per assicurarci che le sue condizioni non fossero peggiorate.

"Si rimetterà," dissi, sperando che questo la consolasse.

Emise un profondo sospiro. "Grazie."

L'agente Bishop arrivò da dietro. "Dobbiamo fare delle domande a Hazel," disse.

"Certo. Vi dirò tutto quello che so." Hazel incrociò le braccia.

Aiden prese una coperta d'emergenza dal posto di controllo e la mise sulle spalle di Hazel.

"Grazie," disse.

L'agente Bishop fece un cenno di assenso ad Aiden prima di rivolgersi a Hazel. "Sa dove si trova suo fratello Nikolai? Sappiamo che questa è casa sua."

"Lo stavamo aspettando per prendere l'aereo verso casa. Era a Breckenridge a cercarmi." Emise un profondo respiro e fissò il pavimento. "Dovrebbe essere tornato a casa ormai."

Mi voltai, notando che la strada era stata chiusa. Probabilmente stava tornando a casa e aveva visto i nostri agenti. "Non ha contattato Franco mentre eravate dentro la casa?" domandai.

Hazel scosse la testa. "Franco pensava solo a me." Si asciugava le lacrime non appena le scivolavano sulle guance. "Victor l'aveva chiamato, non Franco, ma hanno parlato al telefono. Non so cosa si siano detti, ero sotto la doccia. Possiamo finirla qui? Voglio andare a vedere Mason."

L'agente Bishop annotò quelle poche informazioni che Hazel era riuscita a dare. "Sì, certamente. Credo che dovremmo metterla in custodia cautelare. Con suo fratello a piede libero a dirigere la mafia, è solo questione di tempo prima che la trovi."

"Starà sotto la nostra custodia cautelare," dissi. Hazel aveva chiamato noi, e senza ombra di dubbio, era ciò che Mason voleva per lei.

"Lei è d'accordo, Hazel?" chiese l'agente Bishop. "Abbiamo un luogo sicuro in cui possiamo scortarla, procurarle una nuova identità, e tenerla al sicuro."

Alzò lo sguardo e incontrò l'espressione corrucciata dell'agente Bishop.

"Per quanto apprezzi l'offerta, gli agenti federali non hanno saputo proteggermi. Dubito che possa farlo lei. Mi affiderò alla Eagle Tactical. Inoltre, voglio vedere Mason."

"Si rende conto che è lì che probabilmente Nikolai si sta dirigendo, dalla persona da cui sa che vuole andare anche lei?" rimarcò l'agente Bishop. "Avete il contatto della Eagle Tactical. Se avete bisogno di qualcosa da me, potete contattare loro finché non avrò cambiato telefono," disse Hazel.

"D'accordo, allora," disse l'agente Bishop prima di tornare al posto di controllo; la loro operazione era terminata.

Lincoln si avvicinò a Hazel, sollevandole il mento. "Ti porteremo da Mason se è quello che vuoi, ma tuo fratello è ancora là fuori. L'agente Bishop ha ragione; andare lì significa metterti in trappola. Devi essere a conoscenza dei rischi."

Il telefono mi vibrò in tasca. Misi la mano nella giacca per prenderlo, riconobbi sullo schermo il numero di Ariella. "Hey, abbiamo quasi finito qui a Chicago," dissi, rispondendo al telefono.

"Jaxson, devi tornare a casa." La voce di Ariella non sembrava la sua.

"Che succede? Izzie sta bene?"

"È Nikolai. È qui e—"

Il telefono si spense.

CAPITOLO VENTIDUE

ARIELLA

"Izzie, dobbiamo ancora giocare a nascondino?" chiesi esasperata. Adoravo la figlia di Jaxson, ma era un concentrato di energia, e si era già nascosta una dozzina di volte. Non voleva fare a turno, e si nascondeva sempre nello stesso posto.

Il campanello interruppe il nostro gioco.

Mi avviai alla porta e provai a vedere chi fosse attraverso lo spioncino, ma era troppo alto per me. Sicuramente era stato fatto per Jaxson.

Aprii la porta, dall'altro lato c'era Emma, tremante, coperta di sangue. Aveva i capelli bagnati, i vestiti strappati e pieni di fango.

Pioveva a dirotto, la temperatura era di qualche grado sopra lo zero. "Vieni dentro," dissi, invitandola in casa e disattivando l'allarme. Jaxson mi aveva dato un codice da usare quando lui era via. Sbatteva i denti, e si strofinava le braccia cercando di scaldarsi.

"Che è successo?"

Chiusi la porta a chiave e attivai l'allarme. Sembrava come fosse stata aggredita da un orso.

La squadrai dalla testa ai piedi. Dopotutto non era messa così male. Aveva ancora le gambe e le braccia, ma non sembrava in forma.

"Ero a casa e ha iniziato a sparare."

"Chi ha iniziato a sparare?" Tirai fuori il telefono. "Dobbiamo chiamare la polizia."

Aveva gli occhi sbarrati. "Niente polizia."

Mise una mano sul mio telefono, impiastricciandolo con le dita bagnate. Lo asciugai e lo rimisi momentaneamente in tasca.

"Se qualcuno ha fatto irruzione in casa tua e ha iniziato a sparare, dobbiamo chiamare lo sceriffo." insistetti.

"Ella?"disse Izzie, cercando di pronunciare il mio nome. Era tenero e divertente, considerando che avrebbe potuto dire 'Ariel' e 'Ella' ma non voleva unire le due parole. Onestamente, non mi dispiaceva il soprannome. Era grazioso.

Presi Izzie in braccio, per proteggerla da Emma.

Emma non sembrava a posto, e il fatto che non mi facesse chiamare la polizia per chiedere aiuto mi faceva sospettare non fosse in sé.

Emma osservò Izzie, colpita dalla ragazzina, sua figlia biologica. Quand'era stata l'ultima volta che l'aveva vista? Era stato quando l'aveva presa e portata da Jaxson?

Avevo sentito da Jaxson di come Emma volesse darla in adozione e gli chiese di rinunciare ai diritti genitoriali, ma da lei non avevo mai sentito una parola al riguardo, mai.

Quel lungo, triste sguardo a Izzie mi attorcigliò lo stomaco. Misi delicatamente Izzie sul divano e presi Emma per il braccio e la portai in cucina. "Che diavolo succede?" chiesi. Mi misi in modo da tenere Izzie alle spalle di Emma così che potessi tenere sott'occhio la bambina.

"È arrivato e ha ucciso tutti." La pelle solitamente di porcellana di Emma era spaventosamente pallida.

La fronte le brillava di sudore.

Presi uno straccio pulito, lo inumidii nel lavandino, aggiungendo un tocco di sapone, e la aiutai a lavare i graffi sulla sua fronte. Aveva bisogno di una doccia, però, e un cambio di vestiti puliti.

"Chi è arrivato?" chiesi, cercando di farmelo dire. Volevo sapere cosa fosse successo.

Erano gli stessi che stavano cercando Hazel? Perché sarebbero andati a casa di Emma? Le due non si assomigliavano per niente. Non si sarebbe mai potuta scambiare per Hazel.

"Ho fatto una cazzata, bella e buona." Emma si asciugò il naso. I suoi occhi erano rossi e colmi di lacrime. Le presi la mano, stringendola per rassicurarla. "Qualunque cosa tu abbia fatto, sono sicura che si possa sistemare."

"Non credo. Sono morti a causa mia."

Anche se non conoscevo bene Emma, non pensavo fosse capace di uccidere. Avevamo lavorato assieme per un po' di tempo al resort e avevamo fatto amicizia. Anche se, poi, ci eravamo un po' perse di vista, non riuscivo a credere che avesse fatto qualcosa di così terribile. Stava esagerando, no?

"Chi è morto?" Dovevo farla aprire e confidarsi con me.

Si asciugò il naso, presi un fazzoletto di carta, offrendoglielo per asciugarsi gli occhi

"Grazie," disse e tirò su col naso. "Tutti quanti. Almeno, credo che lo siano. Sono scappata dalla porta nel retro quando hanno sparato per tutto il complesso."

Non capivo di cosa stesse parlando. "Complesso? Tu non abiti in una di quelle baite vicino al resort?"

"Ho vissuto lì solo per il colloquio di lavoro. Ora vivo con la gente lassù," disse Emma indicando le montagne a nord.

Mi prese un groppo in gola. "Gli NoTech?" Jaxson mi aveva detto di stare alla larga da loro e dall'entrata del loro complesso.

Emma si tamponò gli occhi col fazzoletto.

Tirai fuori il telefono e chiamai la polizia locale, dicendo chi ero, che lavoravo per la Eagle Tactical, e cosa Emma aveva visto. Se quello che Emma diceva era vero, serviva una squadra per cercare superstiti nel complesso.

Jaxson sarebbe stato chiamato insieme al resto della squadra della Eagle Tactical se fossero stati in città.

L'avrei chiamato più tardi una volta che la situazione si sarebbe calmata. Non c'era motivo di allarmarlo. Aveva altro cui pensare in strada per Chicago.

———

Il dipartimento dello sceriffo ci fece visita dopo aver controllato il complesso. "Emma, deve venire con noi per rilasciare la testimonianza ufficiale."

Emma mi prese la mano. "Vieni con me?"

"Certo. Metto il cappotto a Izzie e ti seguo alla centrale," dissi. Non potevo dirle di no. Era distrutta. Sapevo come ci si sente, a sentire il mondo crollarti addosso.

Presi una merendina dal distributore automatico della stazione di polizia per Izzie e andammo in una stanza separata. "Mi segua." Lo sceriffo aprì la porta di una stanza adiacente e accese le luci. "Potrà vedere e sentire tutto. Si metta a suo agio. Se tutto va bene, non ci vorrà molto."

Faceva sempre assistere le persone al rilascio delle testimonianze?

Mi aveva riservato un trattamento speciale perché sapeva che lavoravo per la Eagle Tactical?

Lasciai che Izzie si sedette sul tavolo con la schiena rivolta alla finestra di vetro mentre guardavo attraverso lo specchio unidirezionale.

Lo sceriffo entrò nella stanza con Emma e chiuse la porta. "Posso portarle qualcosa da bere? Caffè? Acqua?"

"No, grazie." Emma era seduta con le mani sul tavolo di metallo. Sembrava incredibilmente calma dopo tutto quello che era accaduto, ma forse era solo in stato di shock, no?

Lui tirò fuori un taccuino e una penna. "Mi riesce a dire cosa è successo oggi?"

Emma emise un profondo sospiro. "Sì." Spostò lo sguardo dal tavolo allo sceriffo. "Ero a casa, nel complesso, quando due uomini armati sono entrati e hanno iniziato a sparare a chiunque gli capitasse davanti."

"Sa chi fossero quegli uomini?" chiese lo sceriffo.

"Non li avevo mai visti prima."

"Ne è sicura? Ricorda se li aveva già visti al resort?"

Lei scosse la testa. "No. Non li avevo mai visti al resort o da nessun'altra parte. Non erano del posto."

Lui espirò rumorosamente dalle narici. "Interessante. Mi può dire dell'altro? Ad esempio, cosa potrebbe aver spinto due uomini, che non erano mai stati al resort e forse neanche in questa città, a venire a casa sua e uccidere tutti quanti?"

Emma non rispose.

Sentivo la bocca secca, e le mani mi tremavano. Presi Izzie per i fianchi, tenendola ferma sul tavolo, offrendole un debole sorriso.

Cosa stava nascondendo Emma?

Lo sceriffo prese il telefono dalla tasca e dopo aver sfogliato la galleria, lo mise sul tavolo così che Emma vedesse.

"Sai cos'è questo video?" domandò lo sceriffo.

Emma scosse la testa. Si mosse sulla sedia in metallo, la testa china, a fissare lo schermo del telefono.

A quanto pareva lo sceriffo aveva fatto partire il video. Io non riuscivo a vederlo, e il volume era troppo basso perché lo sentissi.

Con le dita presi a intrecciare i capelli di Izzie, cercando di distrarmi dal peso di quanto stesse succedendo oltre lo specchio. Forse io e Izzie ce ne saremmo dovute andare. Emma ci aveva volute lì per sostenerla, ma se invece era immischiata, non ero sicura di volerne sapere qualcosa.

"Quella nel video della telecamera di sorveglianza è lei," disse lo sceriffo. "Lei era parte della squadra che ha occupato il resort e preso in ostaggio settantatré persone."

Emma socchiuse le labbra e incrociò le braccia al petto. "Io ero una vittima."

"Non secondo queste immagini." Picchiettò l'indice sul telefono, facendo partire un altro video.

Di nuovo, le voci nel video erano troppo basse per me, ma sentivo un dolore al petto che mi rendeva difficile respirare.

"Mi dica esattamente cosa è successo," disse lo sceriffo, "e magari non verrà accusata di omicidio."

Il silenzio riempì la stanza per qualche istante, qualche interminabile secondo prima che si schiarisse la gola per rispondere. "Ho sempre lavorato alla reception del Blue Sky Resort. Mi occupavo di prenotazioni e check-in. Immagini il mio stupore quando un talent scout di Hollywood prenotò una stanza. Non aiutai in nessun modo a pianificarlo. Mi deve credere."

Lo sceriffo annotava le parole, mentre parlava. "Come sapeva che quel cliente era un talent scout?"

"Ho vissuto a Los Angeles. Lavoravo in uno studio ed ero l'assistente personale del signor Joseph Kensington. Era il mio capo," disse Emma.

Emise un profondo sospiro. "Era anche uno stronzo, aggiungerei. Ci provava con tutte le dipendenti, me inclusa. Mi disse di venire nel suo ufficio una volta, quando la porta era chiusa. Aveva un bagno privato e si stava masturbando quando entrai."

"Quindi, ha pensato fosse una buona idea prenderlo in ostaggio assieme agli altri clienti del resort?"

Emma si strofinò gli occhi. "Non è stata una mia idea." Appoggiò le mani al tavolo, tamburellando le dita sul metallo. "Avevo raccontato a Ian di quell'episodio col mio capo e di come venni licenziata. Mi disse che nessun altro si sarebbe fatto male. Che i suoi amici si sarebbero assicurati che Kensington non avrebbe più molestato nessun'altra. Gli avrebbero dato una piccola lezione e poi rubato in camera. Immaginavano ci fossero un paio di migliaia di euro in contanti che aveva portato con sé. Non sarebbe dovuto essere niente di che. Ian ha esagerato."

"Questo Ian, ha un cognome?"

Si passò la lingua sul labbro superiore. "Sì. Ian Connor."

Mi sentii come se l'aria mi venisse aspirata via dai polmoni. Emma era coinvolta nella faccenda degli ostaggi? Mi girava la testa, inciampai sulla sedia per sedermi.

"Ella?" sussurrò Izzie, fissandomi. Prese a stuzzicarmi le guance, seduta più in alto di me sul tavolo. Presi la mano di Isabella e le diedi un bacio. Non volevo farla preoccupare. Provai a ignorare la voce di Emma nell'altra stanza, ma non ci riuscivo. Sentivo tutto quel che diceva, e più parlava, meno sembrava pentita.

"Ancora non si spiega la parte in cui i due uomini hanno fatto irruzione nel complesso, ma immagino che ci sia una connessione." Lo sceriffo prese la cartella e la sfogliò, tirando fuori una serie di fotografie. "Riconosce alcune di queste persone?"

Lei allontanò la cartella, verso lo sceriffo. "No. Dovrei?"

"Erano tutti ostaggi al resort. Qualcuno potrebbe essersi voluto vendicare per il rapimento. Sappiamo che due di queste persone lavorano per un'organizzazione criminale di Chicago."

Sfogliò tra i documenti e allungò a Emma la foto. "Guardi meglio."

Emma espirò rumorosamente dal naso. "Sì. Ho visto questi due al resort. Erano seduti dall'altra parte del corridoio in cui ero tenuta in ostaggio, ma non sono gli stessi che oggi hanno preso d'assalto il complesso."

"Ha visto chi ha sparato?"

"Non li ho riconosciuti, ma ho avuto modo di guardarli per bene prima di correre via. Potrebbero essere amici di quei due." Indicò la foto. "Ma non sono loro. Avete controllato le videocamere di sicurezza del complesso." Lo sceriffo indietreggiò con la sedia, che cigolò al movimento. "Quali videocamere di sicurezza?"

"Jayden le aveva installate attorno al perimetro. Secondo me era stupido e uno spreco di soldi, ma forse può aiutarvi a prendere i due colpevoli." Lui socchiuse gli occhi. "Ora chiamo un ritrattista per ricreare l'identikit degli uomini che hanno attaccato il complesso. Può aiutarci?"

"Sì, certo." Emma si arrotolò i capelli fra le dita. "Potrei avere una bottiglia d'acqua, qualcosa da mangiare? Muoio di fame."

Mi alzai, stufa delle pagliacciate di Emma.

Avvolsi Izzie nel suo cappottino invernale e la portai fuori dalla stazione di polizia, verso la mia macchina.

Per fortuna, l'avevo presa prima nel pomeriggio quando Skylar era andata a lavoro.

Aprii la portiera nel retro e la misi sul seggiolino che avevo montato. Jaxson ne aveva uno in più in casa che è tornato utile. Dopo averle allacciato la cintura, salii sul sedile anteriore, accesi il motore e messaggiai Skylar.

Sto andando con Izzie a fare visita a Mason. È in ospedale. Torneremo tardi.

Non volli dare troppe spiegazioni. Se avesse avuto domande, avrebbe potuto chiamarmi. Controllai in quale ospedale fosse stato portato Mason e chiamai per assicurarmi che potesse ricevere visite.

A quanto pare era stato trasportato in elicottero al Sanford Health, un centro traumatologico di primo livello, a dieci ore da Breckenridge. "Cazzo!"

Izzie ripetè la parolaccia. "Cazzo. Cazzo. Cazzo."

Emisi un lungo, profondo sospiro. Merda. Non potevo arrabbiarmi con lei; non sapeva cosa stesse facendo. Sperai almeno smettesse di dire 'cazzo' prima del ritorno a casa di Jaxson.

Quando sarebbe tornato?

Inserii la marcia, uscii dal parcheggio della centrale di polizia e mi avviai verso casa con Izzie. "Siamo solo io e te." Almeno finché Skylar non fosse rincasata. Avevo la netta impressione di non starle simpatica, ma non sapevo bene perché.

Arrivammo a casa di Jaxson. Ogni parte di me era esausta. Mi sarei volentieri messa a letto ma dovevo preparare la cena. Portai Izzie in casa e la misi giù in veranda per cercare le chiavi. Dopo averle prese dalla borsa, il mio sguardo si posò sulla porta.

Merda.

La porta d'ingresso era socchiusa. Non l'avevo lasciata aperta. L'avevo chiusa a chiave quando ero uscita, e non c'era segno di Skylar. L'allarme era disattivato, o per lo meno si era spento da quello che potevo supporre. Mi ero ricordata di attivarlo quando siamo uscite?

Presi Izzie in braccio e indietreggiai, scontrandomi contro un uomo che era sbucato dall'angolo dell'abitazione. Sentii la canna della sua pistola premuta sul collo.

"Benvenuta a casa," disse, la voce calma e piatta, fin troppo amichevole. Era perché avevo Izzie in braccio?

"Che cosa vuoi?" Misi giù Izzie, piantandole i piedi al pavimento. Non volevo che vedesse oltre le mie spalle l'uomo che mi puntava la pistola. "Andiamo dentro e facciamo una chiacchierata."

Izzie entrò, e io portai lentamente la mano all'interruttore, accendendo la luce. "È davvero necessaria?" chiesi, facendo un cenno col capo verso la pistola. "C'è una bambina. Dobbiamo per forza procurarle degli incubi?"

"Chiama il tizio della Eagle Tactical. Come si chiama?"

"Non so di cosa tu stia parlando," dissi, facendo la finta tonta.

Entrò in casa dietro di me e chiuse la porta. "Chiama il tuo capo. Digli che Nikolai è qui e vuole negoziare."

Presi lentamente il telefono e chiamai Jaxson. "Non so se risponderà. È fuori città." Non volevo dirgli del volo o i dettagli della missione.

"Hey, abbiamo quasi finito qui a Chicago." La sua voce era allegra, spensierata, e serena.

Volevo chiedergli se tutto fosse andato bene, ma non potevo, non con quello sconosciuto in casa.

Scandii le parole, facendo del mio meglio per non andare in panico. "Jaxson." Almeno non avevo più la pistola puntata, il che mi dava una possibilità di affrontarlo. L'unico problema era Izzie. Non volevo metterla in pericolo. "Devi tornare a casa."

"Che succede? Izzie sta bene?"

Nikolai non l'aveva neppure sfiorata, ma ciò non significava che non l'avrebbe fatto. L'avrei difesa fino alla fine, ma da morta, come avrei potuto aiutarla?

Passai con lo sguardo da Izzie all'uomo che ci teneva in ostaggio in casa di Jaxson. "È Nikolai. È qui, e vuole negoziare."

Non ci fu risposta.

"Jaxson?" Mossi il telefono dall'orecchio per guardare lo schermo. "Fantastico," mormorai tra me e me.

"Cosa?" chiese Nikolai e si avvicinò, minaccioso.

"È caduta la linea." Mostrai il telefono a Nikolai. Io non avevo chiuso, ed ero sicura che neanche Jaxson l'aveva fatto.

"Richiamalo."

Non c'erano tacche. "Non c'è campo."

Nikolai mi lanciò il suo telefono. "Chiamalo," pretese.

Composi il numero di Jaxson ed emisi un sospiro di sollievo quando rispose. "Ariella?"

"Sì. Nikolai è qui. Ha un messaggio che vuole che ti riferisca."

Nikolai mi strappò il telefono dalla mano, spazientito da me. "So che hai mia sorella, Hazel."

Mi fissò, i suoi occhi scandagliarono il mio corpo prima di passare a Izzie. "Portamela, o dovrai procurarti una bara per la bambina."

CAPITOLO VENTITRÉ

JAXSON

"Io lo ammazzo!" gridai, guardando il telefono. Quel bastardo aveva minacciato la vita di mia figlia e poi, come un codardo, aveva messo giù.

Lincoln posò una mano sul mio braccio. "Non lasceremo che succeda niente a Izzie, e sappiamo che c'è Ariella con lei. La proteggerà. Qual è il piano?"

Non riuscivo a pensare lucidamente. Il cuore batteva all'impazzata nel mio petto, cercando di liberarsi dalla sua prigione. Proseguii a piedi diretto alla macchina, parcheggiata dal lato opposto del blocco.

"Qualcuno deve aver informato Nikolai," dissi.

Lincoln, Hazel e Aiden mi seguirono. Lincoln tirò fuori dalla tasca le chiavi dell'auto a noleggio, mentre Hazel teneva il passo, camminando al mio fianco.

"Credi sia stato Franco?" domandò Lincoln. Premette il bottone del telecomando per aprire le porte. Raggiunsi la macchina ed entrai.

"Non credo," disse Hazel. Aprì la porta e saltò sul sedile posteriore. "Franco era convinto che Nikolai avesse organizzato un volo verso casa quando ha scoperto che ero tornata a Chicago. Stavamo aspettando che tornasse a casa. Pensavo fosse in strada."

Lincoln e Aiden salirono in macchina. Lincoln accese il motore e si allontanò dal quartiere, diretto in aeroporto.

"Chi altro sapeva che eri a Chicago?" chiesi e mi girai verso di lei. Non credevo mi avrebbe mentito, ma allo stesso tempo non ero più sicuro di che cosa stesse succedendo. Perché diavolo Nikolai era casa mia e aveva minacciato mia figlia e Ariella?

"Che importa?" commmentò Lincoln. "Dobbiamo pensare a un piano. Chiamo Declan per dirgli quello che sta succedendo. Può appostarsi davanti casa tua. Magari riuscirà ad entrare o almeno dirci quanti uomini abbiamo contro."

"Almeno Nikolai e il suo autista, Sacha," disse Hazel, "
Vanno ovunque insieme. Sono sorpresa che Nikolai
non mi abbia dato in sposa a lui." Si riposizionò sul
sedile e guardò fuori dal finestrino.

"Puoi andare più veloce?" chiesi, guardando Lincoln. Il
traffico non era colpa di Lincoln, ma ero sicuro che non
avessimo scelto il percorso migliore. Non conoscevo
bene Chicago, ma doveva esserci un altro modo di
arrivare all'aeroporto.

———

Guidare verso l'aeroporto era stato frustrante, ma non
quanto il volo di ritorno. Avevamo un jet privato, ma
questo non voleva dire che saremo arrivati prima di un
volo di linea.

Quando finalmente atterrammo, scrissi un messaggio a
Declan.

*Volo atterrato. Stiamo arrivando. Per favore dimmi che hai
buone notizie.*

Volevo che questa missione finisse, che Izzie e Ariella
fossero salve e lasciarci l'operazione alle spalle. Era
sperare troppo.

Declan non rispose. Ci affrettammo giù dall'aereo
diretti al mio pick-up. Mi fiondai al posto del

conducente, senza lasciar prendere le redini a nessun altro. Era difficile non desiderare il controllo, specialmente quando era in pericolo la mia famiglia.

"Sicuro che non vuoi chiamare lo sceriffo e coinvolgere la polizia locale?" chiese Aiden dal sedile posteriore.

"No. Faremo questa cosa in via non ufficiale."

Nel retro del pick-up di Declan, c'era una scorta di armi e rifornimenti per noi. Ci risparmiò una fermata agli uffici della Eagle Tactical.

"Notizie di Declan?"

Il mio telefono era nella tasca, ma avevo inviato un messaggio di gruppo così che anche gli altri potessero rispondere se lui avesse scritto.

Guardai Lincoln, seduto accanto a me sul sedile anteriore.

Lincoln prese il telefono, controllò i messaggi e scosse la testa. "Ancora nulla. Non hai le telecamere nel tuo sistema di sicurezza?"

"Sono disattivate, come il sistema d'allarme. Ho cercato di accedere al sistema prima di salire sull'aereo, ma non riuscivo ad accedere al wifi."

"Credi che abbia tagliato la corrente?" chiese Hazel.

"Non lo so. C'è un sistema di batterie d'emergenza, ma avrebbe potuto disattivarlo se sapesse come hackerare il sistema. Sembra che il sistema sia stato disarmato e hackerato."

Avevo sperato fosse impenetrabile, ma Declan avrebbe potuto manometterlo. Non ero sicuro della abilità di Nikolai o dell'uomo che lo seguiva.

"Mio fratello è un delinquente. È bravo con la pistola e a far fare ai suoi uomini il lavoro sporco. Nikolai non saprebbe come hackerare un bel niente." osservò Hazel.

Forse questo avrebbe dovuto farmi sentire meglio, ma non lo fece.

"Merda. Devo chiamare Skylar e avvertirla di non tornare a casa." Non volevo dare a Nikolai un altro ostaggio. Lui non l'aveva nominata, il che voleva dire che non era a casa.

Usai i comandi vocali e aspettai che Skylar rispondesse. Scattò subito la segreteria. "Ascolta, non andare a casa adesso. C'è un problema lì, ho bisogno che tu vada nel mio ufficio. C'è un divano, dormi lì per stanotte."

Chiusi la chiamata. Strinsi gli occhi mentre mi concentravo sulla strada. Avrei dovuto chiamare Skylar prima, mentre ero a Chicago. Se fosse già tornata casa dal lavoro e avessi consegnato un terzo ostaggio a Nikolai, non me lo sarei mai perdonato.

Superammo il passo tra le montagne fino alla strada di ghiaia di casa mia, avvicinandoci. Spensi il motore e lasciai la macchina a pochi metri di distanza. Non volevo allertare Nikolai del nostro arrivo. Dovevamo essere in vantaggio.

Con silenziosa precisione, uscimmo dal veicolo e chiudemmo le porte, attenti a non avvertire nessuno dentro del nostro arrivo. Passai accanto alla macchina di Nikolai. L'autista era piegato in avanti, morto.

Lo aveva eliminato Declan o Nikolai? Lo avrei scoperto dopo, ora dovevo prendere l'attrezzatura e salvare Ariella e Izzie.

Piano, aprii la portiera della macchina di Declan e presi l'equipaggiamento dal sedile posteriore, fornendo alla mia squadra pistole e abbigliamento per la missione.

Dovevamo supporre che Nikolai fosse armato e preparato al nostro arrivo. Non c'era modo per noi di entrare dalla porta principale.

Osservai ciò che avevo intorno, le orecchie tese verso qualsiasi tipo di segnale di pericolo o altri uomini armati che potessero essere di guardia. Il fiume scrosciava a est, ma era l'unico rumore che arrivava alle mie orecchie.

Con cauta precisione, avanzammo in silenzio, avvicinandoci alla casa.

Aiden era dietro di me, con Lincoln vicino. Non impazzivo all'idea che Hazel venisse con noi, ma se non l'avessimo usata come esca, c'era un'elevata possibilità che Nikolai avrebbe sparato alla mia bambina o ad Ariella. Non avrebbe sparato ad Hazel; almeno, ero quasi del tutto certo che non le avrebbe fatto del male.

Non c'erano garanzie. L'aveva venduta come sposa.

Trattenni il respiro al nostro avanzare, appoggiandomi alla finestra mentre cercavo di sentire ogni indicazione della loro posizione.

Aidan mi bussò alla schiena e io guardai oltre la mia spalla. Indicò il pavimento, il cellulare rotto sulla neve molliccia che aveva iniziato a sciogliersi.

Il telefono di Declan era abbandonato, lo schermo rotto. Alzai la testa per guardare il tetto. Era salito in cima e aveva fatto cadere il telefono?

Con un sorriso idiota, ci salutò dall'alto.

Bastardo.

Era in posizione con un fucile da cecchino. Anche se avevo apprezzato si fosse assicurato che non ci fossero altri figli di puttana nascosti nella foresta e fosse in vantaggio, avevo comunque bisogno di entrare in casa.

Sdraiarmi sul tetto non mi avrebbe aiutato a salvare Izzie e Ariella.

Dovevamo trovare un modo per entrare in casa che non fosse attraverso la porta principale.

CAPITOLO VENTIQUATTRO

ARIELLA

Ci sarebbero volute ore, prima che Jaxson rientrasse in volo da Chicago e arrivasse a Breckenridge. Non avrebbe consegnato Hazel a Nikolai in cambio della sicurezza mia e di Izzie.

Nikolai non era un'idiota. Doveva avere gli stessi sospetti, il che voleva dire che aveva altri assi nella manica. Non ero sicura di ciò che avesse in mente.

Aveva confiscato il mio cellulare, e lo teneva insieme al suo nella tasca. Non che mi aspettassi che il mio rapitore mi concedesse una seconda telefonata.

"Perché sei qui?" chiesi, fissandolo. Anche se era più alto di me, non volevo dargli l'idea di essere spaventata.

Grosso errore.

Mi colpì la guancia con la canna della pistola e mi spinse, facendomi cadere tra i giocattoli sparsi per il salotto.

Mi rialzai, ma non prima che Nikolai si scagliasse su di me e mi spingesse sul divano.

"Siediti," ordinò - una sola parola con una tale l'autorità che mi fece scendere brividi lungo la schiena.

Izzie corse verso di me. Il suo tono doveva averla spaventata. "Vieni qui." dissi, allungando le braccia, mentre lei saliva in braccio a me.

Si strinse a me, e anche se prima l'estraneo non l'aveva spaventata, ignara del pericolo, ora sembrava aver capito che eravamo nei guai.

Le braccia di Izzie si strinsero al mio collo. La spostai, facendola sedere sul mio grembo, le mie braccia intorno a lei, protettive e rassicuranti.

"Puoi metterla via?" Indicai la pistola con la quale mi aveva aggredita poco prima. "La stai spaventando." Non volevo ammettere che anch'io ero spaventata. Probabilmente gli piaceva terrorizzare le donne.

Nikolai sbuffò e ripose la pistola nella cintura dei pantaloni. "Non fare niente di stupido." disse. I suoi occhi erano ridotti a fessure e squadrò me e Izzie dalla testa ai piedi.

Deglutii la bile che mi risaliva in gola, la paura che mi scorreva nelle vene, pompando come ossigeno nel mio cuore. Non ci avrebbe lasciate andare, e vista la sua storia di spargimenti di sangue, avevo bisogno di un piano.

Pensa.

Mi aggrappai a Izzie, ma questo non servì a calmare il terrore che marciva nel mio stomaco come cibo avariato. Un sottile strato di sudore mi permeava la fronte. Mi asciugai il sopracciglio e fissai il pavimento. L'ultima cosa che volevo era apparire minacciosa.

Nikolai era al comando.

Dovevo rendermi piccola e insignificante. Non tanto da farmi uccidere, ma che lui non mi trovasse minacciosa. Cosa avevo imparato dal mio addestramento nella C.I.A. ?

Potevo disarmarlo, ma questo supponeva che non ci fossero altri pronti a spararmi non appena avessi aperto la porta. O peggio, e se avessero sparato a Izzie?

Non avrei potuto convivere con me stesse se le fosse successo qualcosa. Jaxson non mi avrebbe mai perdonata.

Entra nella sua testa.

Cosa lo faceva scattare? Quali erano le sue intenzioni? Senza subbio, non volevo solo uscirsene con Hazel al suo fianco e tornare a Chicago. No. Era un criminale assetato di sangue.

Se gli avessi chiesto perché lo stava facendo, mi avrebbe zittita. Dovevo andare più a fondo. Guardai l'orologio. Avevamo ancora qualche ora insieme. Potevo convincerlo a parlare?

La mia bocca era secca e le mie parole uscirono roche. "Rimarremo qui ancora per un bel po'. Posso alzarmi per prender un libro da leggere a Izzie?" domandai. Anche se non mi mossi dalla mia posizione sul divano, indicai la libreria del soggiorno, appena dietro di noi.

"Non muoverti." disse Nikolai. Attraversò la stanza e rimase lì per qualche secondo prima di prendere un libro dalla mensola. Tornò in salotto e si mise di fronte a noi. "Ecco." Mi lanciò un libro dalla copertina lilla.

"Alice nel Paese delle Meraviglie."

Ero scioccata che avesse preso un libro per bambini, Era stato così veloce che pensai avesse preso il primo libro che si era trovato davanti.

"Grazie." Aprii il libro, iniziando dalla prima pagina. "Lo hai mai letto?" chiesi a Izzie. Speravo che non fosse troppo vecchio per lei, ma era un classico.

Scosse la testa.

"Le piacerà." Nikolai attraversò la stanza parecchie volte prima di mettersi in un angolo, a pochi metri da noi, guardandoci. Incrociò le braccia al petto. "Leggiglielo."

Sfogliai la pagina del titolo e aprii il capitolo uno.

"Nella tana del coniglio." Dissi e lessi l'incipit del primo capitolo, mentre Izzie si sistemava e accoccolava tra le mie braccia.

Il suo corpo si rilassò man mano che leggevo, ogni parola le dava un po' di conforto in più. Poteva essere la semplice distrazione a farla sentire meglio?

"Alice stava iniziando a stufarsi di stare seduta accanto alla sorella sulla riva senza avere niente da fare; una volta o due aveva sbirciato il libro che la sorella stava leggendo, ma non aveva figure o dialoghi, 'e a cosa serve un libro' pensò Alice ' senza figure o dialoghi?' "

Izzie posò la testa sul mio petto, sopra il mio cuore, e chiuse gli occhi. Invidiai che riuscisse a dormire in ogni situazione, anche con un pazzo che ci puntava contro una pistola. Beh, al momento la pistola era infilata nella sua cintura, ma era comunque a portata di mano.

Continuai a leggere, pagina dopo pagina. Il suo corpo si afflosciò e si addormentò tra le mie braccia. Un sospiro di sollievo lasciò le mie labbra quando finì il secondo capitolo.

"Continua a leggere." ordinò Nikolai.

Feci come voleva, solo perché mi mostrò la pistola, minacciando entrambe le nostre vite se non avessi fatto ciò che comandava.

Ogni tanto, alzavo lo sguardo mentre leggevo piano, la voce ridotta ad un sussurro, e ritrovai una traccia di qualcosa di familiare sul viso di Nikolai.

"Lo avevi già letto." dissi. L'unica soluzione era fare in modo che si aprisse e parlasse. Se riuscivo a trovare un modo di relazionarmi con lui, forse ci avrebbe risparmiate.

"Non parleremo." disse Nikolai. Il suo dito mi fece segno di girare pagina e continuare a leggere.

Per evitare uno scontro, non chiusi il libro. Però, non gli diedi quello che voleva. Lasciai la pagina non girata, gli occhi ben aperti mentre guardavo Nikolai. "Tua sorella, Hazel, è un po' più giovane di te."

Anche se non sapevo quanti anni avesse Nikolai, aveva gli anni cuciti sulla sua pelle, la sua fronte, le sue mani, il suo collo. Lo stress fa invecchiare in fretta le persone; lo stesso fanno gli omicidi.

Non mi fermò, ma non fece nessun commento.

"Leggevi questo libro a Hazel quando era più piccola?" chiesi. Se avessi riportato a galla ricordi felici, sarebbe rinsavito?

Si spostò dall'angolo della stanza, le braccia ancora incrociate al petto, difensivo. In quel momento, non stava cercando di spaventare me o Izzie. Percorse la stanza, avanti e indietro, la mascella contratta.

Le mani di Nikolai ricaddero sui fianchi, chiuse in pugni. "Ho letto quel libro a mia sorella, ma non era Hazel."

"Hai un'altra sorella?" Anche lei era stata venduta e data in sposa ad un altro mafioso? Mi morsi la lingua; non era una domanda appropriata se volevo che si aprisse con me per trovare una via d'uscita da questo disastro.

Dovevo agire con discrezione. Dovevo essere subdola se volevo interrogarlo senza che si accorgesse di quello che stavo facendo.

Sporse il suo labbro inferiore, e quello superiore si fece teso. Una scossa lo percorse, obbligando il suo sguardo ad addolcirsi. Con la stessa velocità con cui si era addolcito, grugnì e riprese a camminare, con forza.

Ti prego, non svegliare Izzie.

Non poteva leggermi nel pensiero. Non che mi aspettassi che lo facesse, ma non volevo che lei si spaventasse di nuovo. Si meritava un sonno tranquillo e senza incubi. Non sapevo se, qualora fossi sopravvissuta, avrei avuto la stessa fortuna.

"Sì, avevo una sorellina prima di Hazel. Si chiamava Rebecca." Qualcosa balenò nel suo sguardo, una scintilla che mi fece credere che non era sempre stato il mostro che era diventato.

"Le leggevi *Alice nel Paese della Meraviglie*?" Dovevo fargli vedere il collegamento, la familiarità, e forse non avrebbe messo Izzie in pericolo. Se solo avesse visto il suo candore e che era solo una bimba innocente.

Smise di camminare si mise di fronte a noi.

Tremai alla sua presenza, per la sua natura intimidatoria che mi faceva sentire piccola e insignificante.

Nikolai si avvicinò a me e tremai per la paura.

Prese una coperta da dietro il divano e la aprì, mettendola sopra Izzie che dormiva.

Il calore rassicurò anche me. Che non fosse il mostro che tutti pensavano che fosse? Non sapevo come chiedergli se avesse sparato a tutti nel complesso senza che si mettesse sulla difensiva e alzasse un muro.

"Grazie." mormorai, guardandolo dal basso.

Lui grugnì e fece un passo indietro, le narici dilatate mentre respirava profondamente dal naso.

"Tu e Rebecca siete ancora legati?" chiesi. Dovevo continuare a fare domande per capire cosa stesse facendo e come uscirne.

Lo sguardo di Nikolai si rabbuiò. "E' morta."

Non venne pronunciata altra parola. Non elaborò su come o quando lei morì.

"Mi dispiace." Non avevo perso mia sorella, non fisicamente almeno, ma emotivamente, ci eravamo separate. Avevo perso un figlio, ed era stato devastante.

Mi guardò a lungo prima di fare un cenno con la testa. "Già. Anche a me. Il prezzo da pagare per gli affari di famiglia." rispose Nikolai. Scrollò le spalle, come se non contasse più e facesse tutto parte del passato.

"Non deve per forza esserci un prezzo. Non devi continuare ad uccidere." mormorai.

I suoi piedi sbatterono sul pavimento mentre estraeva la pistola puntandomela alla testa "Sta zitta!"

Ero andata oltre.

Serrai le labbra e lasciai cadere lo sguardo sul pavimento. Strinsi Izzie, addormentata tra le mie braccia. "Lascia che la metta a letto di sopra."

"No."

Dovevo proteggerla, ma non potevo farlo con una pistola puntata in fronte.

Se fossi morta, chi avrebbe protetto Izzie? Lo avrebbe fatto Jaxson al suo arrivo, ma quanto ancora ci sarebbe voluto? Non potevo lasciare che si ferisse. Non potevo. Jaxson c'era stato per me, mi aveva salvato. Gli dovevo la mia vita. Ora dovevo restituire il favore.

"Non deve essere coinvolta in questo, Nikolai. Questa cosa è tra te e me."

Alzò gli occhi al cielo e tolse la sicura alla pistola. "No."

Una sola parola. Fu tutto ciò che disse, e avrei potuto discutere fino al mio ultimo respiro. Ma in che modo avrebbe giovato a Izzie?

"Bene." Non ribattei. Non sarebbe servito a nulla. Dovevo cercare di farlo continuare a parlare con me. Non lo avrebbe fatto con la pistola puntata, pronto a sparare. "Mi dispiace." dissi, scusandomi. "Sei tu al comando."

"Certo che sono io al comando!" ruggì.

Non mi mossi. Non indietreggiai. Avevo bisogno che vedesse che non ero una minaccia, e forse avrebbe messo via la pistola.

Il silenzio inghiottì la stanza.

Il mio cuore batteva all'impazzata. Poteva sentire la paura, l'adrenalina che mi scorreva nelle vene?

Il suo respiro era pesante e rumoroso, riempiva la quiete della stanza.

Dopo qualche minuto, spostò la pistola dalla mia fronte, rimise la sicura e ripose l'arma nella cintura dei pantaloni.

Chiusi gli occhi, sollevata che non mi stesse più puntando contro la pistola. Non era ancora finita. Non sarei stata al sicuro finché lui non sarebbe stato in manette e in viaggio verso il carcere. Jaxson aveva chiamato lo sceriffo locale?

Non avevo sentito sirene, ma magari erano stati abbastanza furbi da non segnalare la loro presenza?

La mia voce era lieve e timida, mi servivano risposte. "Cosa succederà a Hazel?"

Nikolai era stato chiaro, voleva che la sorella tornasse con lui. Anche se non pensavo avrebbe lasciato andare me e Izzie, non ero sicura di cosa volesse fare con sua sorella.

"Perché ti interessa?" Camminò ancora per la stanza, guardando ogni tanto fuori dalla finestra. Quando sembrò convinto che ci fossimo solo noi tre in casa, rivolse nuovamente la sua attenzione a me.

"Considero Hazel un'amica."

La verità era che non avevo molti amici. Avevo allontanato tutti a New York quando il mio ex-marito era stato condannato per diversi reati di riciclaggio e frode. Emma era stata un'amica, ma anche quella aveva avuto vita breve.

Nikolai si avvicinò al camino, esaminando le foto sulla mensola. "Lei non ha molti amici."

Non sapevo se fosse vero o no, ma sembrava essere molto vicina a Mason, un segreto che avrei portato nella tomba. Non c'era motivo perché Nikolai sapesse di lui.

"Le ho salvato la vita al resort." dissi.

"Eri al resort quando quei bastardi sono entrati e hanno preso gli ostaggi?" Nikolai corse verso di me, la pistola fuori dalla cintura e nella sua mano. La mise sotto la mia mandibola.

"Ero un ostaggio, proprio come Hazel," dissi. Pensava che fossi coinvolta? Mi avrebbe uccisa se ne avessi parlato?

Sembrava sconvolto. Avrei dovuto essere sorpresa?

"Ma l'hai fatta uscire?"

"Non ero da sola. Mi ha aiutata la squadra della Eagle Tactical." Non specificai che lavoravo per loro. Non sapevo se mi avrebbe baciata o uccisa.

Sbuffò. "Quei bastardi mi hanno tradito. Quando arriveranno con Hazel, saranno morti. Ognuno di loro, compresa la bambina."

"Nessuno tocca la mia bambina," la voce di Jaxson rieccheggiò nella casa, alta e limpida.

Mi girai, cercando Jaxson.

Avrei giurato che fosse dietro di me, ma non era in casa.

Nikolai si allontanò e guardò fuori dalla finestra, soddisfatto che Jaxson non fosse ancora arrivato. "Ottimo tentativo!" urlò.

La sua pistola era puntata contro il sistema di allarme, sparò un colpo, facendo saltare pezzi di plastica per tutta la stanza.

CAPITOLO VENTICINQUE

JAXSON

"Io vengo con te," disse Hazel mentre entravamo nella proprietà.

Non avevo tempo di discutere. Anche se non mi piaceva l'idea di un altro ostaggio, lei rimaneva l'esca. L'unica cosa che Nikolai voleva, e l'unico modo di assicurarmi la sicurezza di Izzie e di Ariella, era mostrare la carota al coniglio.

"Non intralciarmi" avvertii. Eravamo entrati dalla finestra del bagno, e Declan aveva manomesso il sistema di sicurezza tramite i cavi all'esterno come distrazione.

Mi intrufolai in casa dalla finestra.

Declan era sul tetto, di guardia, mentre Aiden e Lincoln mi seguivano.

Hazel era in fondo, disarmata, ma indossava un giubbotto antiproiettile per proteggersi.

Nikolai non avrebbe sparato a sua sorella, giusto?

Declan fece partire la registrazione che avevamo preparato poco prima dagli altoparlanti collegati al sistema di allarmi.

Anche se l'allarme non era stato disattivato, era distrutto. "Nessuno tocca la mia bambina." Era stano sentire la propria voce ed era pericoloso avvertire del nostro arrivo, ma dovevamo fare qualcosa.

Dalla finestra, avevo visto il bastardo puntare la pistola sulla fronte di Ariella.

Non potevo rischiare che sparasse a lei o a Izzie.

Tenni la testa bassa; stava cercando me e la squadra.

"Ottimo tentativo!" La voce di Nikolai risuonò dal piano di sotto. Un solo colpo riecheggiò quando Nikolai puntò la pistola all'altoparlante e lo fece esplodere.

Facemmo il giro dalla cucina. Ariella mi dava le spalle, il divano era rivolto alla porta d'ingresso.

"Fermo!" gridai, la pistola puntata contro Nikolai.

Aiden e Lincoln avevano le pistole in pugno, tre contro uno.

"Non pensarci nemmeno." disse Lincoln. "Metti giù la pistola lentamente."

"Datemi Hazel e me ne andrò. Non mi vedrete mai più." rispose Nikolai. Teneva la pistola in posizione di resa.

Non mi fidavo di lui. Declan ci aveva detto che lo sceriffo aveva ricevuto una chiamata a proposito di una sparatoria al complesso causata da due della mafia. Uno era in casa mia, l'altro, supponevo fosse l'uomo morto nella macchina nel mio vialetto.

"Non funziona così." dissi. Tenni la pistola puntata su di lui mentre entravo nel salotto, posizionandomi davanti Izzie e Ariella.

Aiden estrasse le manette dalla cintura. "Metti giù la pistola lentamente. Mani in alto."

Nikolai alzò un braccio arrendendosi e abbassò piano l'altro.

La porta di ingresso si aprì, catturando la nostra attenzione. Chi diavolo c'era dietro la porta? Declan doveva essere ancora sul tetto.

Skylar aprì la porta ed entrò, fronteggiando Nikolai.

Con la mano libera raggiunse Skylar, l'attirò a sé e la tenne per i capelli, spingendo la canna della pistola contro il suo collo.

"Lasciami andare!" urlò Skylar.

"Papà!" gridò Izzie, terrorizzata.

Non potevo girarmi verso la mia piccola e dirle che andava tutto bene. La mia attenzione doveva rimanere sul mostro in piedi a pochi metri da me, con mia sorella come ostaggio.

Skylar non aveva nessun tipo di addestramento tattico. Non era mai stata nell'esercito e non aveva mai fatto un giorno di arti marziali. Non potevo contare che si liberasse dalla sua presa.

"Non devi farlo, Nikolai." disse Hazel. Uscì dal corridoio e andò accanto a Lincoln, prendendo la sua pistola di riserva dalla cintura. Puntò la pistola contro sé stessa, alzandola sulla sua tempia.

"Hazel, cosa stai facendo?" Nikolai spalancò gli occhi, e la sua voce si fece spasmodica. "Pensa a cosa stai per fare, sorellina."

"Se la uccidi," disse Hazel, la voce spezzata mentre parlava," non mi rivedrai mai più."

Con la pistola puntata su Nikolai, non potevo fermare Hazel dal fare qualcosa di stupido. Non la conoscevo abbastanza bene da sapere se stesse bluffando, ma non potevo rischiare. "Non vuoi farlo davvero, Hazel."

"Sì, invece." annuì Hazel, la mano che tremava con la pistola contro la sua pelle. Indossava un giubbotto antiproiettile, ma non avrebbe potuto salvarla, non da quello che voleva fare.

"Ascolta tua sorella," disse Lincoln. "è disposta a morire per ciò che hai fatto."

Skylar si dimenò contro Nikolai, cercando di sfuggire alla sua presa, ma lui non la lasciò andare.

"Lasciami." mormorò Skylar, gli occhi pieni di lacrime. "Ti prego. Non so neanche cosa stia succedendo. Non lo dirò a nessuno."

Non avrei lasciato che sparisse. Non dopo tutto quello che aveva fatto. "Dì a Hazel quello che hai fatto, Nikolai."

Nikolai scosse la testa, gli spessi capelli neri ricaddero sui suoi occhi. "Tutto quello che ho fatto, l'ho fatto per te Hazel. Tutto ciò che volevo era che fossi felice."

"Felice?" sbottò Hazel e fece un passo avanti, la pistola ancora puntata alla testa. "Mi hai venduto come sposa a Franco! Preferirei morire che sposare quel porco disgustoso."

Nikolai sbatté gli occhi, un'espressione perplessa sul viso. "Cosa?"

"Mi hai sentito!" urlò Hazel e si avvicinò, non più spaventata dal fratello. "Sono stanca di te che controlli la mia vita e la rovini. So cosa avete fatto tu e papà. So dei lavori, la finta agenzia per cui ho lavorato, i fidanzati che tu e papà avete pagato. Non sono una stupida, sai."

Nikolai mollò la presa su Skylar e lei scappò da lui, mentre Lincoln la prese e la spinse dietro di sè per proteggerla.

"Non erano abbastanza per te," disse Nikolai, la sua attenzione su Hazel. "è mio dovere proteggerti. Sei la mia sorellina. Quegli uomini non ti meritavano."

"Bastardo, era una mia scelta!" gli gridò Hazel in risposta. Mentre lo fissava, la pistola le tremò fra le mani, il dito appoggiato sul grilletto.

Nikolai abbassò la sua pistola e si avvicinò all'arma di Hazel. "Se muori, ucciderò ognuno di loro."

"No, non lo farai" disse Hazel e girò la pistola, premendo il grilletto e sparando al petto di Nikolai.

CAPITOLO VENTISEI

Hazel

Lo avevo fatto per loro, per tutti coloro che aveva ucciso, torturato o ferito.

Spostai la pistola dalla mia testa al suo petto. Fu sconsiderato, senza calcoli o pensieri. Avrebbe facilmente potuto spararmi per vendetta. Non lo avrei biasimato se lo avesse fatto.

Il mio dito premette il grilletto. Era l'unico modo per porre fine a ciò che aveva fatto.

Non potevo ritornare a casa. Nikolai non avrebbe mai smesso di darmi la caccia, pretendendo che facessi ciò che voleva perché eravamo dello stesso sangue.

Franco era stato arrestato, ma con il capo della mafia morto, un altro leader sarebbe sorto dalle ceneri, e io sarei stata dimenticata. Almeno, speravo di venire dimenticata.

La stanza girò; il mondo sembrava muoversi a rallentatore.

Lincoln calciò via la pistola dal corpo di Nikolai che giaceva a terra, sanguinando.

Barcollai all'indietro, prima di scontrarmi con un corpo caldo. Jaxson mi tolse la pistola tra le mani. Mi sentii fredda, vuota e sola.

"Mi dispiace," mi disse Jaxson all'orecchio. Il metallo freddo e duro delle manette mi cinse i polsi mentre lui li fissava dietro la mia schiena.

"Lo capisco." Non mi aspettavo nulla di meno. Mi avrebbero portato in prigione. Sarei rimasta in carcere per molto tempo.

"Sono davvero necessarie le manette?" Lincoln lanciò a Jaxson un'occhiata.

" É solo una formalità," disse Jaxson. "Devo essere sicuro che la mia famiglia non sia più in pericolo. Chiamerò lo sceriffo e gli dirò cosa è successo."

Aiden si chinò su Nikolai, sdraiato sul pavimento.

Il sangue aveva creato una pozza intorno a Nikolai, la sua pelle cerea, gli occhi chiusi. Non ebbi il coraggio di chiedere se respirasse ancora.

Volevo uccidere Nikolai per tutto ciò che aveva fatto per distruggere la mia vita, ma non mi credevo un'assassina. Il senso di colpa mi pesava. Avevo agito per legittima difesa, non solo la mia ma anche in difesa di tutti quelli con me.

Nikolai non li avrebbe mai lasciati andare.

Jaxson fece una veloce telefonata allo sceriffo mentre io mi sedetti sul pavimento accanto a mio fratello. La sua pelle sembrava fredda, ma non potevo toccarlo, con le braccia dietro la schiena.

Aiden premette sulla ferita, cercando di fermare il sangue che scorreva dal colpo. Con l'altra mano, cercò il polso e scosse la testa. "è morto."

Crollai in ginocchio, guardando mio fratello. Fratellastro o no, era comunque famiglia.

Il sangue è sangue.

"Sei con Rebecca, ora. È meglio così." sussurrai, guardando Nikolai. Non avevo mai conosciuto Rebecca, la sua sorella biologica. Ne aveva parlato molto quando eravamo più piccoli, come la sua vita fosse finita troppo presto, uccisa da un altro gangster. Aveva portato nostro padre a diventare il leader della mafia, ad ergersi per vendetta.

Volevo che finisse, tutto. La carneficina. Le morti.
L'uccidere per il sangue.

———

Feci la mia deposizione allo sceriffo locale. I membri
del team della Eagle Tactical diedero le loro
deposizioni, come Ariella. Ci portarono uno alla volta
in una stanza, fummo interrogati e poi ci fu chiesto di
scrivere quanto accaduto.

Confessai di aver sparato a Nikolai.

Sembrava che Nikolai avesse ucciso anche il suo
autista, Sacha, anche se non ne conoscevo il motivo.

Mi aspettavo di passare il resto della mia vita in
prigione, ma mi tolsero le manette, ed ero libera di
andare.

Il procuratore distrettuale non avrebbe sporto
denuncia.

Se Nikolai fosse stato vivo, sarebbe stato accusato di
diversi omicidi dopo aver fatto irruzione nel
complesso, uccidendo dozzine di uomini, donne e
bambini.

Credevo di vomitare, quando lo sceriffo mi disse ciò
che aveva fatto mio fratello per vendicare quel che era

accaduto al resort. Era tutto finito.

Uscii dalla stazione di polizia, sorpresa di trovare Ariella fuori ad aspettarmi.

"Non ti ho mai ringraziata come si deve," disse Ariella. Era appoggiata alla sua berlina, le mani nelle tasche della giacca. "Se non ti fossi offerta come hai fatto, non so come saremmo potuti uscire da quella situazione."

Scrollai le spalle. "Non è niente." Non volevo che la facesse più grande di quello che era. "Hai saputo niente di Mason?"

Volevo vederlo, assicurarmi che stesse bene, e ringraziarlo per avermi salvato la vita. Era uno dei motivi per cui ero ancora in piedi, viva e vegeta.

"Abbiamo già organizzato un volo per Fargo per fargli visita in ospedale. Vuoi venire con noi?" propose Ariella.

"Sì. Ho bisogno di vederlo e ringraziarlo per quello che ha fatto per me."

———

Mi affrettai nel corridoio dell'ospedale.

Mason avrebbe voluto vedermi? Suo zio Jeb era morto a causa mia.

Se non gli avessi chiesto aiuto, suo zio sarebbe stato ancora vivo, e non avrebbero sparato a Mason.

L'odore dell'antisettico mi bruciò le narici. Mi fermai in sala d'attesa.

"Ti dispiace rimanere qua con Izzie?" chiese Jaxson ad Ariella.

"Certo." rispose sorridendo, prendendo la bambina dalle braccia del padre.

Aprii la bocca per offrirmi di stare con la bambina per Jaxson, ma pensai fosse meglio evitare. Non ero brava con i bambini e volevo vedere Mason. Ero solo preoccupata che non sarebbe stato felice di vedermi.

Lincoln e Jaxson entrarono nel corridoio. Esitai prima di seguirli, parecchi metri dietro di loro. Parlavano tra di loro. Io ero l'intrusa, e anche se non avessero cercato escludermi, non ero comunque una di loro.

Cosa ci facevo lì? Mi sentivo fuori posto.

Lincoln e Jaxson entrarono nella stanza senza neanche bussare. Rimasi all'entrata, cercando il coraggio di oltrepassare la porta.

Riuscivo a puntarmi la pistola alla testa, ma avanzare di due metri in una stanza di ospedale era troppo. Quello, a quanto pare, era il mio limite.

"Come sta Hazel?"

La voce di Mason era dura e roca.

Non poteva vedermi dato che ero appena fuori la sua stanza, ma riuscivo a sentire il dolce suono della sua voce. Era piena di preoccupazione per me.

Mi appoggiai al muro, la schiena contro il muro bianco.

"Te lo potrebbe dire lei, se solo entrasse." disse Lincoln.

"E' qui?" chiese Mason. Le coperte si mossero e il letto di ospedale cigolò. "Hazel?"

Chiusi gli occhi. Non potevo nascondermi lì dietro per sempre. Avrebbe saputo che lo stavo evitando, se non fossi entrata a salutarlo immediatamente.

"Hey." Mostrai il sorriso migliore che riuscii a fare, mentre entravo nella stanza. "Ero fuori in corridoio a cercare dei fiori da rubare per te."

Mason sorrise e ridacchiò, facendo una smorfia.

"Fa male quando ridi?" chiesi, preoccupata. Mi avvicinai al letto.

"Ne vale la pena," disse Mason. Mi prese la mano, le nostre dita si intrecciarono. "Siediti con me."

Non volevo dirgli che non c'era posto. Era ferito, ma se voleva la mia compagnia come potevo dire di no? Gli avevano sparato a causa mia.

"Come ti senti?" chiesi, seduta sul bordo del letto d'ospedale accanto al suo. "Novità su quando verrai dimesso?"

"Il dottore ha detto che posso essere rilasciato solo se avrò qualcuno che si prenda cura di me a casa, altrimenti dovrò andare in un centro di recupero." I suoi occhi non lasciarono i miei. "Sei in debito con me, Hazel."

Risi sottovoce. "Non girarci intorno." Non potevo credere che stesse scherzando sul fatto che gli fossi debitrice.

Ovviamente ero in debito con lui, ma non pensavo fosse il tipo di persona da riscuoterlo.

"Per favore, rimarresti con me?"

Non avevo pensato a dove sarei andata ora che Nikolai era morto e Franco in prigione. Tuttavia, Mason aveva bisogno di me, e lui mi piaceva davvero. Non mi ero mai sentita così con nessun altro, mai. Era sempre stato lui, da quando eravamo adolescenti.

"Beh, visto che lo hai chiesto con gentilezza," risposi e sorrisi debolmente. Volevo restare, ma volevo che fosse perché lui mi voleva nella sua vita, non solo come badante. Mi abbassai, lasciandogli un bacio casto, tenero sulla sua fronte.

"Tutto qui? Cosa deve fare un ragazzo per avere un bacio come si deve da queste parti?"

I miei occhi si dilatarono con orrore.

"Brutta battuta?" Mason sorrise con quel ghigno da ragazzino che mi fece battere il cuore e tremare le ginocchia. Mi abbassai ancora e sfiorai le mie labbra con le sue.

L'elettrocardiogramma iniziò a squillare più velocemente.

Jaxson era in piedi accanto alla finestra, sorridendo. "Non ucciderlo. Abbiamo ancora bisogno di lui nella squadra. A proposito di squadra, Lincoln, ti voglio di nuovo offrire un posto a tempo pieno. So che il ristorante dovrà essere ristrutturato. C'è una possibilità di convincerti a tornare con noi? Non farti pregare."

"Non sono ancora morto e già mi stai rimpiazzando" commentò Mason. Rise e fece un'altra smorfia di dolore.

Gli posai piano una mano sul braccio buono, sperando di calmarlo. "Sono certa che non vogliano rimpiazzarti." dissi.

"Non ne sarei così sicura," disse Lincoln. "Lo farò, almeno per ora. Ci vorrà un po' prima che arrivi l'assegno dell'assicurazione, poi deciderò cosa fare."

"Mi dispiace per il ristorante," dissi, sorridendo debolmente a Lincoln. Se non fossi andata al suo ristorante quella mattina, forse i delinquenti che mi volevano morta non avrebbero distrutto il locale.

Lincoln serrò la mascella, e si appoggiò al muro vicino ai piedi del letto.

"Non dirlo neanche. Questi tipi hanno passato gli ultimi anni a tormentarmi chiedendomi di entrare alla Eagle Tactical. Probabilmente sono felici che sia successo."

"Felice è una parola forte," disse Mason, "ma entusiasta sì."

Lincoln alzò gli occhi al cielo.

Jaxson superò Lincoln e gli fece segno di seguirlo fuori dalla stanza, "Vi lasciamo parlare. Saremo in sala d'attesa con Ariella e Izzie. Fateci sapere se vi serve qualcosa" disse Jaxson.

"Grazie per essere venuti. Spero mi facciano uscire presto." ringraziò Mason.

Aspettai che i due uomini se ne andassero in corridoio.

"Qualcosa non va?" chiese Mason.

"Mi dispiace, per tutto." Mi abbassai, piantando le mie labbra sulle sue, assaporandolo con foga.

Averlo quasi perso, mi lacerava dentro. Aveva già perso mio fratello per mano mia. Non potevo perdere anche l'uomo che amavo da quando ero adolescente.

Mason allungò la mano e il suo pollice mi sfiorò la guancia, mentre il mio mento si posò sul palmo della sua mano. "Non hai niente per cui scusarti, ma c'è una cosa che potresti fare per aiutarmi a stare meglio quando saremo usciti da qui."

"Qualsiasi cosa." dissi. "Sono tutta tua. Qualsiasi cosa ti serva, Mason, sono qui per te." Lo pensavo davvero. Avrei fatto tutto quello di cui aveva bisogno per prendermi cura di lui, che si trattasse di cambiare le bende o cucinare.

"Hai per caso uno di quei completini da infermiera? Finché ti dovrai prendere cura di me, ho pensato che potremmo provare qualche gioco di ruolo."

CAPITOLO VENTISETTE

ARIELLA

Sedevo con Izzie nella sala d'attesa, facendole guardare un video sul mio telefono. Tenevamo il volume del telefono basso, così da non disturbare i pazienti dell'ospedale.

Avendo perso il senso del tempo, non vidi Jaxson avvicinarsi a noi.

"Come stanno le mie due ragazze preferite?" chiese Jaxson.

"Papà!" Izzie scese dal mio grembo e alzò le braccia per farsi prendere in braccio da suo padre.

Jaxson la sollevò e la fece girare prima di posizionarla sul suo fianco. "Presto ce ne andremo. Sembra che

Mason verrà dimesso oggi, se avrà qualcuno a casa a prendersi cura di lui."

"Oh?" Non sapevo se vivesse da solo o se avesse dei coinquilini. Non l'avevo sentito parlare di una partner, ma era ovvio che avesse un debole per Hazel. Chiunque poteva vederlo.

"Hazel rimarrà con lui per aiutarlo." disse Jaxson.

"Bene." Ero felice per lei, contenta che magari loro due riuscissero a sistemare la loro relazione e che non si sarebbero più dovuti nascondere. Anche se un po' ero invidiosa, ma non lo avrei mai ammesso a nessuno.

Lincoln era poco lontano, ai distributori automatici a prepararsi una tazza di caffè.

"Ero preoccupato per te," disse Jaxson e si sedette su di una sedia vuota accanto a me. Si avvicinò e mi sistemò una ciocca di capelli dietro le orecchie. "Sono ancora preoccupato, a dire il vero."

Sorrisi debolmente. Non riuscivo a smettere di pensare a Nikolai.

Quello che aveva fatto Hazel, il sangue, il fatto che Nikolai aveva fatto tutto per proteggere la sorella. Era sbagliato e perverso, ma non cambiava il fatto che fosse morto. "Sto bene."

Volevo stare bene, ripetendomelo ad alta voce.

Lo avrebbe reso vero?

"Sei sicura?" chiese, la mano sulla mia schiena.

Mi rilassai sotto il suo tocco mentre mi accarezzava dolcemente la schiena con movimenti morbidi. Volevo che mi toccasse, che mi baciasse, che facesse l'amore con me.

Lincoln era nella stanza, e avremmo dovuto tenere la nostra relazione segreta se volevamo restare insieme.

Scossi la testa. "Probabilmente avrò gli incubi per un po', ma non è niente di ché."

I passi pesanti di Lincoln ruppero la magia e il nostro momento. "Posso portarvi un caffè? La macchina non funziona, scendo al bar. Volete qualcosa?"

"Sono a posto," dissi.

"Anche io," disse Jaxson.

Lincoln si allontanò lungo il corridoio, dalla parte opposta alla camera di Mason, per prendere l'ascensore e raggiungere l'atrio, dove si trovava il bar.

Avevamo qualche minuto, solo noi due, e Izzie. Fortunatamente, non sembrava avere idea di quello che succedeva tra di noi.

Jaxson fece sedere Izzie sulla sedia accanto a lui e mise un video sul suo telefono, lasciandoglielo guardare.

Andò ai distributori automatici e mi fece gesto di raggiungerlo.

Mi alzai e mi stiracchiai prima di indicare il distributore. "Non hai sentito Lincoln? La macchina del caffè non funziona."

"Ho sentito. Volevo solo un po' di privacy." Con Izzie che ci dava le spalle, mi attirò a sé con forza e mi strinse.

I miei occhi si spalancarono mentre le sue labbra si posavano sulle mie, le sue dita sulla mia nuca, tenendomi vicina a se. Non era difficile per me sciogliermi sotto il suo bacio, il mio corpo sotto il suo sortilegio.

Si allontanò, una mano ancora sul mio collo, l'altra scivolò sotto la mia maglietta, stuzzicando l'elastico dei miei pantaloni. "Jaxson," dissi, sorridendo per il piacere ma avvertendolo di fermarsi. Non potevamo comportarci così in un ospedale, men che meno a due metri da sua figlia.

"Lincoln ci metterà ancora qualche minuto, e Hazel è occupata con Mason. Scommetto che stanno pomiciando."

"Buon per loro," dissi. Non era una buona ragione per comportarsi così ora. Posai una mano sul suo petto. "Voglio stare con te, ma oggi è stato pesante."

"Lo sai che non avrei lasciato che niente accadesse a te e Izzie?" disse Jaxson.

"Lo so e apprezzo quello che hai fatto oggi. Poteva andare molto peggio," gli risposi. I ricordi mi balenarono ancora nella mente, Nikolai che premeva la pistola contro la mia fronte. Dovevo scacciare quei pensieri, o non sarei riuscita a respirare.

Le sue labbra si scontrarono nuovamente con le mie, segnandomi, con un'intensità fiera, piena di voglia e bisogno, non solo di desiderio.

Mi girò, la mia schiena contro il muro mentre spinse il ginocchio tra le mie cosce, toccando il mio centro, il mio calore. Lasciai che mi baciasse, e anche se volevo essere più che la sua fidanzata segreta, ero disposta ad accettare qualsiasi cosa mi avrebbe dato.

Le mie labbra si aprirono, assaporandolo, stringendolo forte a me. Ogni pensiero nella mia mente svanì mentre ci baciavamo, e il tempo sembrava essersi fermato.

Qualcuno si schiarì rumorosamente la gola. Stava cercando di attirare la nostra attenzione?

Mugugnai in protesta quando Jaxson si staccò, e guardammo entrambi l'intruso, Lincoln.

Stringeva la tazza di caffè tra le mani e prese un lungo, lento sorso. "Perchè voi tre non ve ne andate da qui?" disse Lincoln. "Accompagnerò io Mason e Hazel a prendere la macchina."

"Sei sicuro?" chiese Jaxson.

"Hai un viaggio di dieci ora fino a casa. Izzie non deve rimanere fuori più tardi del necessario. Io probabilmente prenderò una camera d'albergo per la notte e partirò domani se Mason non viene dimesso presto." ribatté Lincoln.

Il telefono di Jaxson squillò, e si affrettò a prenderlo dalle mani di Izzie, ancora intenta a guardare il suo video.

Rimasi lì in piedi, in imbarazzo, sorridendo debolmente a Lincoln. Era stato buono con me, non potevo lamentarmi, ma non ero comunque felice che conoscesse il nostro piccolo segreto. "Senti, quello che hai visto..."

"Non sono affari miei," disse Lincoln. "Tu lo rendi felice, e posso dire onestamente che non ci sono molte persone oltre a Izzie che lo facciano."

"Non dirai niente agli altri?" Sperai che potesse tenersi tutto per sé e non raccontarlo ai suoi amici.

"Di nuovo, non sta a me," rispose Lincoln. Si avvicinò. "Non devi preoccuparti, Ariella. Mi piace averti attorno. Fai bene a Jaxson e lo rendi felice. È tutto ciò che importa."

Tirai un sospiro di sollievo. "Grazie."

"Papà, telefono." Izzie si aggrappò ai suoi pantaloni, cercando di recuperare il telefono.

"Non adesso" disse e prese la sua piccola tra le braccia, dandole un bacio. Guardò Lincoln. "Puoi dare un messaggio a Mason?"

Lincoln bevve un sorso di caffè. "Certo, di che si tratta? Va tutto bene?"

"Lo sceriffo ha chiamato per dirci che hanno trovato il cane di suo zio, Bear. La terranno alla stazione finché non passa qualcuno a prenderla. Fortunatamente, stava bene, con qualche graffio ma nessuna ferita grave. Gli ho detto che Mason verrà dimesso presto, ma che siamo a Fargo quindi, probabilmente, non passerà prima di domani."

"Sarà sollevato di sapere che Bear sta bene," disse Lincoln. "Mandami il numero dello sceriffo, passerò a prendere Bear al ritorno."

———

Era un viaggio lungo fino a Breckenridge. Jaxson insistette per guidare. Izzie si era addormentata dopo un'ora di viaggio. Era tardi ed era buio, il che l'aveva probabilmente aiutata ad addormentarsi.

"Cosa succederà a Hazel?" chiesi.

"Hai sentito lo sceriffo; non hanno intenzione di accusarla di niente perché hanno chiuso l'indagine e l'hanno dichiarata legittima difesa." disse Jaxson.

"Non sto parlando di quello. Franco è ancora là fuori."

"E' in prigione." rispose Jaxson. Mi lanciò un'occhiata e mi prese la mano mentre guidava.

Le nostre dita si intrecciarono. Strinsi la sua mano, cercando di rassicurare me stessa e lui che andasse tutto bene. Non mi sentivo me stessa. Mi sentivo scollegata, persa negli eventi della giornata.

"Non sei preoccupato che possa cercare te e la tua famiglia?" chiesi.

"Se mi preoccupassi di questo, mi preoccuperei di ogni malintenzionato con cui ho a che fare." ribatté Jaxson. Teneva la voce bassa, attento a non svegliare Izzie. "Declan sta sistemando il sistema di sicurezza e sta cercando di capire come Nikolai lo abbia disattivato."

Sentendo quello da Jaxson, volevo sentirmi più tranquilla. Volevo che Franco lasciasse Hazel in pace, e noi con lei. Gli strinsi la mano. "Credo sia solo stata una giornata lunga. Emma è passata a casa stamattina, scalza e isterica."

"Nikolai aveva fatto una sparatoria nel complesso dove abitava." disse Jaxson.

"Sapevi che lei abitava lì? Come?" chiesi.

Lui sospirò, la sua attenzione focalizzata sulla strada mentre parlava. "Quando sono andato a visitare Ian e Seth perché ti avevano molestata, scoprii che viveva lì. Speravo si fosse trasferita e avesse ritrovato il senno."

"Era coinvolta nel sequestro di ostaggi al resort." dissi.

"Lo so."

Ritrassi la mano, come se mi fossi bruciata. "Come diavolo facevi a saperlo? Quanti segreti stai tenendo?"

Rimise la mano sul volante, la mascella contratta. "Più di quanti vorrei ammettere."

"E questo cosa significa, Jaxson?" Non potevo credere che mi avesse nascosto di sapere che Emma fosse coinvolta con la presa degli ostaggi al resort.

Sospirò pesantemente e guardò nello specchietto retrovisore. "Possiamo discuterne in un altro momento?"

"No, voglio discuterne adesso."

Si era arrabbiato quando gli avevo tenuto io dei segreti. Come aveva potuto averne lui con me?

CAPITOLO VENTOTTO

JAXSON

Non ero felice di aver tenuto *lui* segreto, e ora che avevamo rilasciato il fatto che Emma fosse diventata una degli NoTech ed era coinvolta con la brutta situazione al resort, era destinato a venire fuori.

"Hai intenzione di ignorarmi e basta?" chiese Ariella. Il suo tono era duro. Era indubbiamente arrabbiata con me.

Fantastico.

Mancavano ancora diverse ore prima di arrivare a casa a Breckenridge. Non è che potessi scaricarla e rivederla al lavoro; vivevamo insieme.

Mi passai una mano tra i capelli, frustrato. Ariella tendeva a mettermi in ginocchio. "Non ti sto ignorando; ho solo parecchie cose per la testa."

"E' una scusa." ribatté Ariella. Era arrabbiata. Potevo sentire il suo respiro pesante e affaticato mentre si muoveva sul sedile. Non si sarebbe mai messa comoda di questo passo.

"Va bene. Vuoi tutti i segreti che mi porto dietro?" La mia voce si alzò nel pick-up. "Ho sentito da uno dei ragazzi che... indovina chi è stato rilasciato di prigione? Benjamin Ryan."

Ariella rimase in silenzio.

"Cosa? Non hai niente da urlarmi per aver tenuto questo segreto? È fuori di prigione, Ariella. Sai perché?"

Mi girai verso di lei e vidi i suoi occhi spalancati. La bocca semi aperta. Non mollai la presa. Se voleva sapere i miei segreti, avrei prima rivelato i suoi, segreti che non sapeva nemmeno di avere sepolti dentro l'armadio.

"Le sue accuse sono cadute, tutte quante." dissi. Dall'espressione sul suo viso, non ne aveva idea.

"Avevi detto che poteva non essere colpevole. Solo, non potevo crederci." Si passò le mani sui pantaloni.

"Beh, vero o no, è stato rilasciato e non grazie a un cavillo. Non so questo cosa significhi a proposito della C.I.A., se lo abbiano incastrato loro o qualcun altro." La verità era che non avevo avuto tempo di scavare più a fondo o guardare dentro il caos del suo passato. "Ha fatto una dichiarazione in televisione, quando è stato rilasciato."

"Davvero?" La voce le si strozzò in gola.

"Ha detto qualcosa in un intervista a proposito di venire a cercarti." dissi, con l'amaro in bocca.

Non volevo perderla per lui, suo marito, o tecnicamente il suo ex marito. Erano divorziati, ma se si erano separati perché lei lo credeva colpevole, e non lo era, in che posizione mi trovavo io?

Che possibilità avevo contro un uomo ricco che aveva già vinto il suo cuore?

Espirò profondamente. "Beh, se lo vedi, digli di stare alla larga da me."

Rimasi sorpreso. "Cosa?"

Lo aveva dimenticato?

Non dovevo preoccuparmi che lui arrivasse e la facesse cadere ai suoi piedi.

Non ero tipo da ingelosirmi facilmente, ma non mi piaceva preoccuparmi che un uomo con cui aveva già avuto una storia potesse tornare nella sua vita.

"Potrà non essere colpevole dei crimini finanziari di cui è stato accusato, ma non è innocente Jaxson. Per niente."

Che crimini aveva commesso per i quali non era stato accusato?

"Hai intenzione di spiegarti?" chiesi.

Ariella sbadigliò nel sedile anteriore. Erano le due del mattino passate. Mi accorsi che era esausta. Lo ero anche io. "Non stasera. Sono stanca Jaxson. Non possiamo lasciar perdere per adesso?"

Stanco, guidai nella notte, non volendo fermarmi in uno schifoso motel pieno di pulci.

Non volevo litigare con lei. Avevo quasi perso lei e mia figlia oggi. Posai la mano sulla sua coscia. "Io tengo a te, Lentiggini." Volevo che sapesse come mi sentivo. Non lo dicevo spesso e meritava di saperlo da me.

"Lo so," mormorò. Ariella, appoggiando la testa sul finestrino, con gli occhi chiusi.

Dopo dei lunghi istanti, il respiro si tranquillizzò.

Borbottò qualcosa nel sonno. Aveva appena detto *ti amo*?

"Lentiggini?"

Si era addormentata.

Mason una volta mi disse di sospettare che il suo matrimonio fosse una copertura, che fosse andata a fondo come un'agente operativo C.I.A., troppo a fondo. Se fosse stato vero, perché lo stava sorvegliando, e cosa l'aveva spinto a sposarlo? Se non amore, quale era stata la causa?

C'erano segreti tra di noi, ma non avevo intenzione di lasciarla andare, non senza lottare.

La verità era che l'amavo anche io.

Avrei avuto il coraggio di dirglielo?

EPILOGO

HARPER

Avevo bisogno di caffeina se volevo sopravvivere in questo piccolo paesino di contadinotti per le prossime settimane.

Il mio volo era stato corto ma turbolento e l'hostess aveva rovesciato la mia bevanda su tutto il sedile di fronte a me. Il povero bastardo era cosparso con il mio caffè ma non aveva risolto il mio problema. Non riuscii a bere sul volo.

Dall'aeroporto, andai dritta alla prima caffetteria di Breckenridge. Pregai ci fosse un caffè che servisse un caffellatte decente.

Dubitavo qualcuno potesse riconoscermi, il che giocava a mio vantaggio. Inoltre, gli occhiali da sole giganti non guastavano. In questo modo, non dovevo preoccuparmi dei reporter che mi seguivano o i fan che mi facevano foto con i telefonini.

Era presto, il sole era sorto da poco e io entrai, il mio umore più radioso di quanto io stessa mi aspettassi per essere una domenica mattina presto.

"Un latte grande con caramello e panna montata." Sarei andata fino in fondo questa mattina.

La ragazza dietro il bancone, col suo grembiule marrone e cappellino abbinato, non sorrise nemmeno.

"Qual è il nome?" Chiese. La targhetta del nome diceva *Skylar*.

Davvero non mi aveva riconosciuta? "Harper." Avevo quasi pensato di darle il mio vero nome, o anche uno finto, non sarebbe divertente?

Strinse appena gli occhi, come se stesse decidendo se credermi o no mentre pagavo in contanti.

"Ci vorrà solo un minuto." La sua voce era monotona mentre mi regalava un sorriso finto.

"Il prossimo!" scattò Skylar, prendendo l'ordine della donna dietro di me.

Feci un passo indietro alla cassa e mi sedetti ad un tavolo lì vicino. Il locale non era molto affollato e più aspettavo, più mi feci impaziente.

La donna dietro di me aveva ricevuto il suo caffè, così come altri due clienti dopo di me.

"Ma che diavolo?" borbottai sottovoce. Si era dimenticata del mio ordine?

Un uomo attraente, alto e con spessi muscoli e tatuaggi che spuntavano dalle maniche, attirò la mia attenzione per un momento mentre ordinava. Sembrò migliorare anche l'umore di Skylar.

Avrei cambiato le cose. Aveva rovinato il mio umore e la mia mattinata. "Scusami," dissi, interrompendoli. Ne avevo abbastanza di aspettare. "Ho ordinato un caffè dieci minuti fa."

"Cinque minuti fa," ribatté Skylar. "E il suo caffè e sul bancone che aspetta che lei lo prenda."

Guardai il bancone mentre lei poneva la tazza in bella vista. Non stava aspettando che lo prendessi. Lo aveva nascosto. Quella mocciosa arrogante!

"Non mi hai chiamato."

Indicò la tazza e il nome scritto sopra. "Heather."

Mandai giù il nodo nella mia gola. Non poteva sapere che quello era il mio vero nome. "E' Harper," la corressi.

"E'uguale. Vuoi il tuo caffè o no?"

Dieci minuti. Quel caffè dove essere freddo e schifoso. A me piaceva il caffè bollente. Non avevo pagato dieci dollari per una tazza di caffè merdoso. "Devi prepararmene un altro." Non avrei accettato di essere trattata in questo modo orribile da una caffetteria così costosa.

Un'altra barista dall'altra parte del bancone versò una tazza di caffè bollente e sistemò il coperchio. "Lincoln!" chiamò.

Assolutamente no. Quella era mia. Presi la tazza di caffè prima che Lincoln potesse metterci sopra i suoi mostruosi artigli da orso. Era un ragazzone ma io ero svelta.

Gli feci un sorriso prima di svignarmela dalla caffetteria, come se avessi appena rubato un'opera d'arte, correndo vero l'auto in fuga.

———

Grazie per aver letto Invisibile: Mason

Spero ti sia piaciuto leggere le vicende di Ariella, Jaxson e il team della Eagle Tactical. La loro storia continua in Invisibile: Lincoln!

"Non posso dirle che è sotto la mia protezione...

Sono stato assunto come bodyguard in passato con la Eagle Tactical per celebrità, musicisti, anche miliardari. Nessuno di loro era mai scappato dalla mia protezione.

La piccola arpia che aveva stravolto la mia vita era diventata una mia responsabilità.

Il contratto con lo studio parla chiaro. Non mi è permesso dirle che sono il suo bodyguard personale quando lascia il set.

Scoprirà la verità e quando lo farà, mi odierà."

Clicca Invisibile: Lincoln adesso!

E iscriviti alla mia newsletter per essere sempre aggiornato su nuovi libri, concorsi, e regali:

www.authorwillowfox.com/subscribe

Il vostro aiuto nel far girar la voce è molto apprezzato, anche solo parlandone con un amico!

Le recensioni aiutano i lettori a trovare i libri! Per favore lasciate una recensione sul vostro sito di libri preferito.

OMAGGI, LIBRI GRATIS E ALTRE CHICCHE

Spero ti sia piaciuto Invisibile: Mason e spero continuerai il viaggio con Jaxson, Ariella e il team della Eagle Tactical.

Iscriviti alla newsletter di Willow Fox

Se ti è piaciuto Invisibile: Mason, per favore prenditi un minuto per lasciare una recensione. Le recensioni aiutano altri lettori a scoprire i miei libri.

Non sapete cosa scrivere? Non c'è problema. Non deve essere lunga. Potete raccontare come avete scoperto il mio libro: è stato consigliato da un amico o ne avete sentito parlare al gruppo di lettura? Fate sapere ai lettori chi è il vostro personaggio preferito o cosa vorreste che accadesse dopo.

Grazie per aver letto! Spero che prenderete in considerazione l'idea di iscrivervi alla mia mailing list per ricevere libri gratuiti, promozioni, omaggi e notizie sulle nuove uscite.

L'AUTORE

Willow Fox ama la scrittura da quando ancora andava al liceo (molte ere fa). I suoi romanzi ambientati in provincia, riflettono la vita delle piccole città dell'America rurale.

Che stia scrivendo romanzi romantici o seduta all'aperto accanto al fuoco a leggere un buon libro, Willow adora le pagine colme di parole di scritte.

Sogna il colpo di fulmine e spera di riuscire a farlo scattare nei suoi lettori!

Visita il suo sito web:

https://authorwillowfox.com

ALTRO DA WILLOW FOX

Eagle Tactical Series

Svelato: Jaxson

Invisibile: Mason

Nascosto: Lincoln

Infiltrato: Jayden

Matrimoni Di Mafia

Voto Segreto

Voto Prigioniero

Voto Selvaggio

Voto Non Voluto

Voto Spietato

Fratelli Bratva

Boss Brutale

Capo Malvagio

Capo Possessivo

Capo Ossessivo